JN014429

昭和の子

12歳の自分史

服部真
HATTORI MAKOTO

幻冬舎MC

昭和の子
——12歳の自分史

始めのはじめに

この本は現在六十四歳の著者が小学校六年生の時に書いた「生い立ちの記」を基に書いたものです。当時著者は名古屋市の南部、知多半島の付け根にある大高町に住んでおり、地元の大高小学校では卒業の課題として自分の十二年間の「生い立ちの記」を書くことになっていました。目標は最低でも四百字詰め原稿用紙一五〇枚でした。

今でも手元にあります。二つ折りにされた原稿用紙がしっかり綴じられ、丈夫な表紙がついた冊子です。厚さが四センチほどあります。この小学校は児童の作文を立派な冊子に製本して、本人の卒業記念としたのです。完成したのは一九七〇年（昭和四十五年）二月、卒業式の一か月前です。

私は少し頑張って二五〇枚書きました。題名を『僕の生い立ち』としました。自分が忘れてしまっていることや、見ていないのでわからない事は、父や母、祖母に聞いて書き加えました。母は日記代わりに家計簿をつけていました。細かい記述がなん十年分も遺っています。当時も著者が忘れてしまったようなことは、その家計簿が助けてくれました。妙に物の値段が細かく記載されているのはそのせいです。

ここに書かれていることは私を含めた家族がその当時理解していた著者の十二年間です。しかしこの冊子は原本に比べて次の点が異なります。

1、漢字を現在の小学校六年生のレベルに合わせました。これはおもに著者の当時の漢字習得レベルが低かった点を補うためです。

2、友人たちからの感想文をはぶきました。実は「生い立ちの記」は完成後、担任の先生と数名の友人に読んでもらい、感想文をいただきます。原本にはそれぞれの友人からの原稿用紙二枚分の感想文も添付してあります。著作権などの問題がありますので、これは掲載いたしませんでした。

3、個人名は仮名です。

4、一部文章を修正しました。先の漢字の補正もそうですし、意味の分からない文、公開が憚られる部分は修正しました。

5、記述を追加しました。原本は本人の記録であり、原本の読者の前提は友人と担任の先生、それから家族です。これらの者が良く知っている内容は、「生い立ちの記」の性質上、記述がありません。この部分を現在の著者が十二歳になった気分で加えました。例えば美容業のあらましは、大人の私が加えたものです。事実を補うことを目的として、こうした追加をしました。全体の二割ほどになります。

6、この少年の生きた十二年の時代を確認するため、また再理解するため、時代背景を復習した結果を「コラム」として挿入しました。復習を通して自分の小学生の頃の時代を再確認するだけでなく、その時代が今にどのようにかかわっているのかを少しばかり学んだような気がします。この五十年間に何が起きたのか、なぜ起きたのかを発見するには、五十年間の起点を作る自分が必要だったということでしょうか。

以上です。十二歳の自分にこの冊子を渡したら、どんな感想を持つでしょうか。君は全然変わってないネ、全く変わったネ、どちらですか。どちらが誉め言葉ですか。

目次

第七章　九州旅行

僕の生い立ち

六年三組　服部　真

はじめに

ここに僕の生い立ちの記を書いた。題は『僕の生い立ち』である。はじめ先生から、最低でも百五十枚は書くようにと言われ、びっくり。修学旅行記は三十枚で精いっぱい。その五倍も……。一応目指していたのは、百枚ちょっと。量より質と思っていたのに、どうも考え通りにはいかなかったらしい。まずは読んでみてください。

第一章　こんにちは赤ちゃん

第一部　生まれそう

昭和三十三年ごろのうちの親せき一同は、子どもがいないので、非常にさびしがっていた。しかし、そこへ僕の母が「赤ちゃんが、できた」と飛びこんできた。はじめての孫ができた母の父（おじいちゃん）は「ほう、それはよかったな、で名前は、どうするんだ」と、母のからだより名前の方を心配していたそうだ。

僕の生みの親である母は、ものごっつい（ものすごく）でっかい腹をかかえてそうじをしていたのだ。そうじなんてことをやったら、腹の中の子が死んでしまうだろうと思う人もいるだろうけど、大じょう夫。ちゃんと僕は生まれた。

母に聞いてみると、一番つらいのはろう下のぞう巾がけだったそうだ。腹がつかえたのだろう。

その他、洗たく、すい事、編み物。赤ちゃんができてもふつうのお母さんと同じぐらい働いていたそうだ。これが常識なんだろうか。

父はといえば、赤ちゃんが生まれると言うのにマージャンをしていた。家に帰ってびっくりしたそうだ。言い訳は「マージャンをしている時に生まれた子は元気に育つ」とのこと。このルールを三回守ったというのが父の自慢。

第二部　誕生

昭和三十三年三月三日、ひな祭り。この日は、僕の誕生日の予定日だった。僕の母が六日もがまんして、昭和三十三年三月九日日曜日、午後九時、ついに腹から出た僕は、三千六百グラムと言う、体格であった。

一年半、僕は、すくすくと育っていった。そのころはおいた（いたずら）なんて朝飯前、ふすまばかり破っていた。背が低いので下の方ばっかり破っていたから、とうとう向こう側までつき出てしまったそうだ。

家の二階にはたたみの部屋が二つあって、その一つ、とこの間のある方をお琴のけい古に貸している。お琴の先生は月に二度、となりまちの鳴海からやってくる、父の母（祖母）の昔からの友人の早月さんというひと。早月さんは着物をきこなす、すらりとしたひと。

生徒さんは、うちの近所の女性たち。

母は、店の仕事がいそがしいので、お琴の日には僕をそのとなりのたたみの部屋にねかせていた。そういう時は、僕は、泣いたりさわいだりせず、静かにみんなのひくお琴の音を子守歌に、すやすやねていたという。不思議におとなしくなるので、お琴と相性がいいのかもと思ったという。今でも学校の音楽室でかん賞会があるとねむくなるのは、この時ついた習慣かもしれない。

くわしくは父も母も子どもたちに教えないが、服部という名字は、僕と父と祖母の名字であり、父の父の名字は鈴田という。

この父の父であるおじいちゃんは、時々会うぐらいの人である。その辺は、しょっちゅういっしょに旅行する母の父とは付き合い方がちがう。

鈴田さんとは父といっしょに会うが、会えばおいしい天ぷらを食べさせてくれたり、自分の店の赤電話の裏のふたをあけて、ドッと出てくる十円玉の中からキラキラ光ってきれいなものを選ばせて、それを僕にくれたりした。

最近は鈴田さんと会っていない。

うちの父が友人からうけ合ったモーテルを安城で経営していた時、手伝ってくれたけい子ちゃんのお父さんのあつしさんも、この人の息子だが、こういう関係のおじさんとおばさんは、あと四、五人いる。

昭和三十四年八月二日、弟の聡が生まれる。ついに僕も兄になった。僕が一才と五か月の時である。僕のアルバムの写真を見ると、サルみたいな顔をしているのでおかしくなった。みんなはじめはそういう風なのかなあと思った。

第三部　伊勢湾台風

昭和三十四年と言って忘れてはならない事は、何といっても「伊勢湾台風」だ。この時、僕は親せきのおじさんのところにいて、母は生まれたばかりの聡といっしょに家にいた。父は会社で立ち往生。最大風速は、確か六十から七十メートルだと思う。ちょうど台風も山場の時、裏口をたたくものがいた。通りがかりの人だった。困っているときはおたがい様。母はその人を中に入れた。しばらくして、今度のお客はお水。・・・げん関にいっぱいにたまった。やっとの思いでかき出したら、今度は腹が減る。本当にいそがしい。前もって買ってきていたパンでサンドイッチを作った。その男の人はなかなかいい手つきだったそうだ。食べおえると、またかだれかが来た。今度は僕の父だった。おさまったころを見計らって帰ってきた。

そのころ僕は、おじさんにだかれて、わんわん大きな声で泣いていたそうだ。台風がやっと通り過ぎると、父がむかえに来てくれた。見るのもみすぼらしい風景だったと言う。

次の日、僕は父に連れられて柴田の千鳥橋のあたりを見に行った。そうしたら、そこの千鳥橋の下には、腹がフグのようにでっかくなっている人や、片手のない人など、いろいろな人の死がいがぷかぷかういている。

名古屋の、とくに南部が、大きなひ害を受けた。

そこの様子を父がこっそりとカメラでとったのが、今もアルバムに残っている。

あれから一か月。僕は、僕の父の母（祖母）にだかれていた。だかれていたところが悪かった。店の長イス。

そのうち材料屋さん（うちにシャンプーやパーマの材料をもってきてくれるひと）が来て、おばあちゃんが僕を長イスの上に置いて、話に出かけた。僕は下に降りようとして、高さ四十センチメートルぐらいのところから落ちた。そしてわんわん泣いた。

母がかけつけてきた。あやしても泣き止まない。おかしいなぁと思って右手を見てみたら、右手首の下がペコンと引っこんでいて、そこからぶらんと手首が垂れ下がっていた。母が「これは骨が折れたな」と思い、医者へ行ってくわしく調べてもらった。ついでに治りょうしてもらった。

第四部　妹

昭和三十七年三月九日、僕たち一家は、ねながらテレビで『宮本武蔵』を見ていた。するると母が、
「赤ちゃんが生まれる」
と言い出した。父は急いで父の友達に電話した。というのは、そのころまだ、家には、自動車なんかなかったので、自動車を持っている近くの友達に前もってたのんであったのだ。

母を病院において来た帰り（まだ、急いでいたので、いろいろな用意をしていなかった）、腹が、減ったので、屋台のラーメンをとった。

車の窓から父が「ラーメン四つください」と言って受け取った。最初は、僕、次に

聡。聡が受け取ろうとした時、父がどんぶりを聡の頭の上に持ってきた、すると聡の手とぶつかって、熱いつゆがパッチャー。聡の頭は、ズッショリになった。そして泣いた。

生まれてからと言うもの……。

ねている光（生まれた子は女の子で、光と言う名前）に息をふきかけたり、ゆすってみたり、まるで、ネコにマリをあたえたようなものだった。

それに、光は体が弱くて、よく夜中にひきつけを起こした。その度に、父と母は光の口にハンカチをつっこんだ。舌をかみ切るといけないから……。

そんなわけで、父と母は「こんなに体が弱くて、育つかしら」と思ったこ

妹のひな祭り、弟と

ともあるそうだが、今ではピンピンしている。

妹と僕は誕生日の月と日が同じ。僕が予定日よりおそく生まれ、妹が予定日よりも早く生まれたので、同じ日になってしまった。三月九日、サンキューの日だ。

誕生日が同じで得したことは、今のところない。損することは、誕生日のケーキの数が減ること。三人兄弟なのに、一年間に食べることのできる誕生日のケーキの合計は二個。妹と僕の二人の誕生日だからと言って、二個ケーキを出されても、いくら食べ盛りの僕たちでも、食べきれないからだ。

とは言うものの、得が全くないわけではない。誕生日で引くおみくじは、一枚買えば二人分のおみくじになる。ということは妹と僕は年中同じ運命にあるということ。うれしいような、悲しいような。

コラム　「大高町」

私の生まれ育った名古屋市緑区大高町（一九六四年に名古屋市に編入される前は愛知県知多郡大高町）は、名古屋市の南部、知多半島の付け根に位置した安土桃山時代の史跡を遺す町である。ＪＲ東海の大高駅は名古屋駅から普通電車で十七分の所にあり、名古屋市内の一番初めにできた鉄道の駅と言われている。現在は日本酒の地酒づくりが盛んであり、名古屋市内の五つの酒造のうちの三店がこの地にある。また北一・五キロの所には街道沿いに旧家が並ぶ東海道五十三次の一宿、鳴海町がある。

大高町は駿河の今川義元配下の城下町として発展した。町内の交差点は多くがT字路になっている等、当時の城下町の構造を現代にも伝えている。また町の中心にある大高城は、桶狭間の戦いの前哨戦となった織田信長配下の鷲津砦、丸根砦との攻防戦において、義元配下の松平元康（後の徳川家康）が「兵糧入れ」を行ったという史実で有名である。

また火上山《ひかみやま》にある氷上姉子神社《ひかみあねごじんじゃ》は、熱田神宮の境外摂社《けいがいせっしゃ》（境内の外にある神社）で、熱田神宮の創祀《そうし》（かみをまつる）以前に三種の神器の一つである草薙剣《くさなぎのつるぎ》が奉《ほう》斎《さい》（つつしんでまつる）された地といわれ、地元では「お氷上《ひかみ》さん」と呼ばれ信仰されている。その境内にある斎田《さいでん》（神へのお供物にする米を栽培する田）では、毎年六月に水玉模様の着物を着た早乙女《さおとめ》（田植えをする女性）が、田植歌にあわせ田《た》舞《まい》（田植え祭りの舞）を舞いながら田植えを行い、五穀豊穣を祈る。昭和四十年ごろは田植歌の楽曲を地元の小中学生が受け持っていた。この御田植祭《おたうえさい》は今でも続いている。

コラム

「伊勢湾台風」

一九五九年（昭和三十四年）九月に伊勢湾台風が名古屋を襲ったときは、私はまだ一歳半であった。自分自身の記憶としてははっきりしたものがなく、今の記憶はすべてその後に父や母から聞かされたものだ。高潮の対策が十分でなかったことから、海水がなだれ込み、名古屋港の貯木場にあった大量の材木が押し流され、民家や人々を襲い、伊勢湾への開口部である名古屋市の南西部に大きな被害をもたらしたと聞いた。また史実にもそう記録されている。幸い私の家族にも親戚にも被害を被った者はいなかった。

伊勢湾台風がもたらした死亡および行方不明者の数五千名以上と言う数値は、台風がもたらした被害としては明治時代以降この国の最大のものである。この台風をきっかけに日本の災害対策の基本法である「災害対策基本法」が一九六一年（昭和三十六年）に制定され、国、地方自治体、市民それぞれのレベルに、災害を未然に防止し、被害の拡大を防ぎ、復旧を図る責務が求められている。この場合の災害とは「暴風、豪雨、豪雪、洪水、高潮、地震、津波、噴火その他の異常な自然現象又は大規模な火事若しくは爆発その他」と定義され、さらに一九九九年（平成十一年）

の東海村JCO臨界事故をきっかけに制定された「原子力災害対策特別措置法」がこの基本法を準用することで、地方自治体および原子力事業者に、原子力災害に対する災害防止対策、緊急時の対応策の策定を義務付けている。原子力災害まで含めた日本の災害対策の策定のきっかけが、伊勢湾台風であった。

しかし法令は整備されたものの、日本人は法令にその目的に見合った魂を入れたのであろうか。二〇一一年（平成十三年）三月の「東日本大震災」では、二万二千名を超える死亡および行方不明者を出したが、それだけではなく、福島の原子力発電所が崩壊し、放射線被害が多くの住民の避難を余儀なくさせた。しかし同じ高さの津波に襲われたものの、同じく太平洋に向かって建っていた女川の原子力発電所は持ちこたえた。誰も想定できなかった高さの津波が襲ったのではなく、誰かには想定できた高さの津波が襲ったのだ。二〇二三年は「関東大震災」から百年、南海トラフ地震の被害予想も様々発表されている。更なる災害が想定される今、私たちは伊勢湾台風が彫ってくれた仏に魂を入れているであろうか。

第二章
入園

第一部　弟のわんぱく

昭和三十七年四月には、僕も幼ち園に、入園した。その時いっしょに聡も入園した。聡が満二才半、僕が四才の時である。

このころ、聡は、だれかが自分の口のところに指を持ってくると、かみ付くクセがあったので、豆ブラッシーと言う異名をとっていた。

六月ごろ、先生がどうしておこったかは知らないけれど、聡をしかった。

聡はしかられたのが、気に食わなかったらしく、先生が後ろを向いた時、先生のおしりに「がぶッ」とかみ付いた。

先生は赤い顔になってしまった。

それから数週間して、幼ち園から「お宅の聡くんを、やめさせてください」と、手紙が来たので、母と父はすぐにやめさせたが、これは、聡が先生のおしりにかみついたからじゃなくて、聡の年があまり小さいからではないのだろうか。

だけど聡がワンパクであることは確かなようだ。話は先に進むが、聡が四才になった時、正式に幼ち園に入園したが、ある時、やっぱり幼ち園から電話がかかってきて、やめさせてくださいと言われた。

聡がこの時、何をしたかというと、おやつの時間におやつを食べた後、お茶をみんなで飲んだが、お茶わんが足りなかったらしい。そうしたら聡は、お茶の入ったヤカンを片手でかかえ上げて、つぎ口に直接口をあててお茶をぐいと飲んだのだそうだ。「聡君、やめなさい」としかられると、父もご飯の時やっている、と答えたそうだ。

幼ち園に呼び出されて先生からそう聞いて、母は真っ赤になったそうだ。ぎょうぎが悪いだけでは、幼ち園を首にならないだろうから、ほかにも余罪があるにちがいない。が、母はたのみこんで、引き続き聡は幼ち園に通った。

聡はそのご、たくさん食べる子どもになって、勢いよく食べるから大人たちが面白がって、自分の食べ残しを食べさせるから、余計に太ってしまった。しかし、そのきっかけは兄弟間の競争にあったかもしれない。

兄弟はおやつをあたえられると兄弟で分け合って食べる。兄貴である僕は、食べるのも自然に早いから、競争するつもりもなく、のんびり食べる。「そうりょうのじんろく」とか言うらしい。

弟はぼんやりしていると食べ損ねるから、作戦を練る。

ピーナッツのおやつをもらったとき、僕と聡が同時に食べ始め、そのうち、皿の上のピーナッツがなくなった。僕は「もうなくなったか」とぐらいにしか思わなかったが、向かいの聡を見ると、まだ食べている。どこから食べているかというと、左手に持ったピーナッツを食べている。どこでそのピーナッツを手に入れたかというと、はじめにだ。

食べ始めた時、二人とも右手で一つぶずつつまんで食べていたが、聡は、実は僕の目をぬすんで、左手で大量にすくい取り、手の中にかくす。そして右手で、いつものように兄と競争して食べる。その競争が終わった時、おもむろに左手のものを食べ始めるのだ。

こうしてまだ食べる速度がおそくて兄に負ける弟は、兄の一・五倍ぐらい食べることになるのだ。

弟の努力はおやつだけではない。

兄が絵本を読んでいると自分のがないからしかたなく、兄の反対側から読む。だから文字がさかさまに見える。聡が初めて読んだ文字は「の」であるが、書いた時にはこれをさかさまに書いた。丁度、数字の6が左にたおれた時のような文字だ。笑ってしまった。

と書いたところで、自分が最初に読んだ文字は何かを知りたくなったので、母に今聞いた。聡ではなく、僕がと念をおしたから間ちがいない。はずかしいけどここまで書いたら正直に言うしかない。「めし」だった。笑えない。

弟の七五三

第二部　ちこく

そんなわけで僕は、一人で幼ち園に行くことになったのだが、一人で行くのがいやなせいか、よく休んでしまった。そのために、母にモーレツにしかられた。それがいやで毎日幼ち園に行ったようなものだ。

ある日僕が、いやだ、いやだ、と言いながら母に連れられて門の所まで来ると、先生がいて無理矢理引っ張られた。母は先生にあいさつすると、帰っていった。僕はだんだん泣けてきて、ついに大泣きになってきた。すると先生は、僕を二階の電話のある部屋に連れて行き、僕の家に電話をかけた。そして僕に代わって「お母さんに謝りなさい」と言った。僕は仕方なく、受話器をとって「母ちゃんごめん」とだけ言って切ってしまった。

大きい組（松組）になったときに、一番思い出があるのは、頭の髪の毛のちょんまげのことだ。だれかのを見て、パーマ屋の母にやってもらったのだ（女みたい）。そのうえ、おちごさんのときには、おけしょうを先生にしてもらうのがいやで、わざわざ家から母を呼び出しておけしょうしてもらった。

ある日僕が給食当番をやっていたら、その日のパンの間に変なあま酸っぱいジャムがぬってあった。僕は給食が終わっても食べていたので、たった一日で給食当番をやめさせられた（くやしかった）。

この年のお遊ぎ会は、二日にわたって行われた。この一日目、自まんじゃないが、はじめのあいさつを行った。この時は先生が、マイクを持ってくれていた。

次の日のあいさつは、女の子で、自分でマイクを持ってしゃべっていた。そうしたら母が「そら見やぁ、あの子は自分でマイクを持って、言ったじゃないの」と頭からピシャリ。

ある日、僕と聡が父に連れられて、中学校へ野球の試合を見に行った。するとそこに大高郵便局の局長がいた。

局長は父に「おい」と言ってマージャンの手つきをして、「やらんか？」と聞いた。父は「いや、今からぼうずたちを、名古屋祭り、見せに行かないかんで」と言って断った。名古屋祭りから帰ってきたら。そこに局長が待っていた。

父は子守りのつもりで、二人を連れて行った。そうしたら、僕たち二人は、きゃーきゃー、ワーワーとうるさかった。父も困ってしまって、局長に、「ご石をかしてやってくれ」とたのんだ。局長はご石をわたして、となりの部屋に入れた。

しばらくしてみると、ご石を部屋一面に広げて、遊んでいた。局長は「まぁいい、いい、さわがしいよりマシだ」と言ったそうだ。

そのころの僕たち二人は、いたずらがたえなかった。あんまりいたずらするので、ある日父が、僕たち二人をおし入れに閉じこめてしまった。

父が真けんなのかじょう談なのか、わからなかったので、僕たちは、はじめはびっくりしてしまった。しかし、しばらくして、父が開けようとしたら、僕たちが中で「へへへへへ」と笑っていたのでやめたそうだ。

二回目にもうこりたころだろうと思って、開けようとしたら、シーンと静まり返っていた。父は心配してがばっと開けたら、中から僕たちが「ばあー」と言った。父は、えらくおどろいていた。

父とマージャンの付き合いは長い。父は母と結婚したあと税務署をやめてふらふらしていた。母が美容院のめん状を取ったので安心したのだと僕は思っている。確認はしていないけれど、聞いてもそうとは言わないだろう。その時、かけマージャンだけで食っていた。食っていたと言っても祖母と母のかせぎはあるわけだから、うえる心配はなかったと思う。

その後、父の父（鈴田さん）と東新町でテレビはんばい会社を始めるまで、そんな調子だったらしい。聞いてみると「まぁ、そんなところだ」というから、きっとそんなところだ。

そういう経いがあるので、父はマージャンを母に教え、母の姉妹に教え、自分の姉妹にも教えた。なぜ女ばかりに教えたかというと、男はどこかでマージャンを覚えるので、教えるために残っているのは、女ばかりだからである。

そういう理由ばかりでなく、推理すると、日中ヒマな父の相手をしてくれるのは、日中家にいる女たちだからだろう。

ただし僕たち兄弟は、マージャンを母から教わった。この話はのちほど。

第三部　発表会

幼ち園のときオルガン「教室」へ行っていた。先生はその幼ち園の先生だった。そこで僕が知っている限りではじをかいた事は、音楽の楽ふの上のところに、男の人と女の人がだき合っている絵があったときの事だ。先生が、「この絵は何をしているとこでしょう」と聞いた。僕は正直に、

「キスしている」

と言ったら、みんなは大笑い。もちろん母は真っ赤な顔をして笑っていた。後ろの子が、

「お前とろいなぁ（エッチだなぁ）」

と、背中をどついた（たたいた）（本当はどんな絵だったかわからない）。

次にそこでおこられた事は、僕があまりにも早く行き過ぎて、退くつしていたので、机の間をぴょんぴょん飛んでいた。すると、ニワトリがコケコッコーと鳴いた。僕がいい気になって、「夜が明けた」と続けた。

オルガン教室が終わった帰り道、母が、

「何？　今日のあの態度！」

「はあ？　いつの！」

「始まるときだがね。あんな『こけこっこー夜が明けた』なんて、落ち着きのない」

と言われてしまった。そのころは、まだ小さかったから、良いのではないの。

あれから半年、僕は真面目にオルガン教室に通った。

そんなある日、知多郡のオルガン発表会があることになった。僕は先生からの指名で、一番先頭でカスタネットをたたくことになった。

オルガンが並んでいるところを一周して、一周したところで、音楽が鳴り終わるまで足ふみをする約束だった。
・・・
さて本番、内海まで自動車で行った。その時の自動車は、トヨペットコロナの千五百。

やっと会場に着いた。

僕たちの番が近くなったので、楽屋裏へ行った。

みんなあわただしく、動いていた。サンタクロースに化けるおじさんが、一生けん命におけしょうをしているのが面白かった。

いよいよ次は僕たちの番。前の番にやった子たちは、しんけんな顔をしていた。僕の胸は、大きくときめいた。ドッキンコ、ドッキンコと。

さて、いざ、ぶ台に上がると、思っていたより順調に進んで行った。

最後になって、問題の足ふみになった。僕はやっぱり上がってしまって、最後の足ふみを忘れ、音楽が終わるまで、オルガンの周りを回っていた。先生にはしかられなかったけれど、それを知っている父に、

「なんだ、お前はそこで足ふみをするんじゃなかったのか」

と言われて、初めて気がついたようなわけ。

やっと終わったものの、まだ一時半。帰るには早すぎると思い、鎌倉《かまくら》幕府の初代将軍源頼朝《よりとも》の父、義朝が死んだ寺に行った。

源義朝は、お風呂に入っているときに暗殺されて、木刀の一本でもあれば、助かっただろうにと、自分の名前を書いた木刀が山ほどほう納してあった。

それからそこのお坊さんに案内してもらって、馬を見に行った。お馬さんにみかんの皮をやると、ものすごい鼻息でにおいをかいで、スススッと、口で吸ってしまう。聡はおそるおそる馬をなでている。僕はへっちゃらだったけれどもやっぱりおそがくて（おそろしくて）、なかなか馬になれなかった。

コラム　**「お稚児さん」**

稚児とは、神社、寺院の祭礼、法会などで、化粧をして昔の衣装を身につけ行列にでる男女児のこと。そういう行列に参加する行事のことを「稚児行列」とか「お稚児さん」と呼んでいるようだ。七歳から十二歳くらいまで

私のお稚児さん、母と

の子どもが対象で、このとき稚児は美しく着飾り、おしろいを塗り、額には呪術的な文様などをつけ、馬に乗りあるいはおとなの肩車に乗せられて社殿に運ばれ、そこでお供え物をしたり、舞踊を奉納する。今では、神社、寺院の祭礼、法会などの機会に、子どもの無病息災を祈り、成長を願う儀式として執り行われているようだ。

子どものころは七五三、お稚児さん、お遊戯会とお化粧をさせられる機会が多かった。そのたびに泣きべそをかいて、よく母を困らせた。

第三章　三十八年ごろ

第一部　美容院の仕事

昭和三十八年に前田ひろこさんと田中まりさんが、美容師の見習いにはるばる、ひろこちゃんは長崎、まりちゃんは鹿児島からやってきた。ひろこちゃんの方が一日早く家に来たのに、まりちゃんは来た日の夜、部屋のすみでしくしく泣いていた。こんな遠くへ、一人で旅に来たのだから家がこいしいのだろう。

見習いのお姉ちゃんたちの部屋は、一階のおばあちゃんの部屋のとなり。二段ベッドでねている。僕たちのねる部屋は二階のたたみの部屋で、兄弟三人分の布団を並べてねる。だから二段ベッドはうらやましいくらいだが、母にお姉ちゃんたちのベッドで遊ぶことは厳しく禁止されている。じょう談もいたずらも許されない。

だから安城のモーテルにとまるときの二段ベッドは、楽しかった。ふざけすぎて、光が二階から転落し、かたの関節を外したことがあった。モーテルは安城の、国道一号線に面した田んぼの中にあって、広い田んぼや、小川や、竹やぶや、そういう遊ぶ場所がいっぱいあって、のびのびと遊べた。ひろこちゃんやまりちゃんもいっしょに行った。泳げるような川がないのがふふくなのだけれど、モーテルをもうやめてしまったので安城に行けなくて残念。安城の話もまたするつもり。

美容院の仕事はいそがしく、母と祖母と見習いの人たちが仕事をしている時は、子どもも父も店へ入ってはいけないことになっている。

だからどうしても用がある時は、台所のドアから顔を出して、呼び出す。それでも母はそれをいやがる。二階で暴れてドスンドスンと下にひびかせたりすると、飛んできて静かにさせられる。

ちょっと先の話になるが、四年生のころのはなし。

うちに遊びに来た友達と二階でドスンドスンと遊んでいたら、お客さんを送り出した母が、二階にかけあがってきて、

「あんたたち、マージャンおしえたるわ」

とこたつのテーブルをひっくり返して、マージャンパイを広げ始めた。三つの同じ文

字か、続いた数字と、二つの同じ文字の頭をそろえる。早くそろえたもん勝ち。簡単なゲームだ。難しい点数の数え方はあるらしいが、それは母も知らない。父だけが知っている。だから勝ったものが、黒や赤の棒を、一本ずつもらうというルール。

最初に積み木みたいなことから始まるのも、面白かった。しばらくの間、僕たちの間ではやった。しばらくすると、自分の親にきいて専門的なことを言い出す子もいた。

ともかく、さわいではいけないのは、母が言うには、うちは商売なんだから、お店に生活が出てはいけないということ。楽屋うらが見えるとお客さんが来なくなるということらしい。松坂屋の美容院の見習いで習ったんだろうか。

そう言われてみると、僕の友達の何人かは、大高の銀座通りでお菓子屋、しょう油屋、米屋、文ぼう具屋、焼きそば屋、肉屋、酒屋をやっているが、遊びに行くとたいてい、おくの方からお父さんかお母さんが出てきて、「ああ、服部さん、いらっしゃい。○○は部屋にいるよ」とおくに案内してくれる。友達本人がお店でうろうろしていない。そういうもんだと、僕はこれでも心えている。友達もきっと同じように心えているのだろう。

だけど便所は一か所しかないので、台所でお菓子を食べていると、パーマのキャップをかぶってビニールのよだれかけを首にまいたお客さんがぬっとあらわれて「お便所はどこ?」と聞く。こっちはびっくりするが教えてやる。

店は午後七時まで。だからみんなで食事をするのはそれから。ただし、母と祖母が一週間交代で食事の用意をするから、その時にはもう食事の用意はできている。で、いただきます、を始めると、そういう時にかぎって、店のげん関の「ピンポーン」が鳴る。母が大きな声で、

「はーい」

と答えて出て行くと、急ぎのお客さん。もどってきて、

「お客さんだから、あとは食べてて」と、白衣に着がえてまた出て行く。休まらない。時間切れだからと断らない。断ればいいと思うのだが、客商売だからしょうがない。見習いのお姉さんたちはまだセットできないし、祖母は老人だから、こういうときは母しか対応できない。

祖母のいない時で、料理が中と半ぱな時は、父が後をつぐ。さっきまで母がふっていたフライパンをとって、自分流にあおり出し、母が作ろうとしていたものに似たものを完成させる。

とは言っても父は、安城のモーテルでは調理もやっていて、作り置きのルーを熱してとかすだけだけれども、カレーを作ってお客さんに出していたから、慣れたもの。

でも、子どもたちはいつも父の料理を食べたくはなかったし（おいしくないから）、父もいつも料理をしたいわけではなかった（それほど上手にできないから）。

祖母も食事の用意をしてくれる。子ども向けのメニューも作ってくれる。子どもたちに何が食べたいと聞いた時、兄弟で意見が分かれて、カレーと言うものとハヤシと言うものがいた。母の料理の番ならかならず、

「どっちかにしなさい」

と、言われるにきまっているが、祖母は両方作ってくれたことがある。僕たちは大喜びで、カレーを注文したのに、ハヤシも食べることができた。一度に二度おいしかった。でも老人に苦労をかけるのは申し訳ないから、あまりわがままを言わないことにしている。母にわがままはきかないから、うちの兄弟ではわがままは禁句。でもしょっちゅうお構いなく、言っているが。

母には女の兄弟が多く、近所に住んでいるので遊びに来る。母はこれ幸いとばかりに家事を手伝わせる。一番下の妹が来たとき、お昼の用意にお米をかして（お米をといで）くれたけれど、つらそうに米をかしていた。僕の顔を見て、

「マコちゃん、お母さんの仕事、大仕事だがね。ご飯のたびに十合たくんでしょう。うちの三倍だがね」と、おどろいていた。

家族五人と祖母、お姉ちゃんたち二人なら、そういうもののようだ。ふつうの日は子どもは給食があるから、もう少し少ないと思うけど。

話はちょっとそれるが、母にはわがままがきかないだけでなく、犯罪の片棒を担がされることがある。

三年生になった時のことだと思う。絵具と絵具を入れる道具箱を買ってもらうために名古屋の松坂屋に行った。僕のわがままではなく、学校でいるようになったからだ。母は松坂屋の美容院で見習いをやっていたので、松坂屋は気心が知れているのでよく行く。

絵具と道具箱が決まると、箱の中に絵具一式を入れて母はレジに出した。レジのお姉さんは箱の定価を見て「××円ですね」と言った。

僕はお姉さんが不注意なので、「中に入っているよ」と箱のふたを開けて絵具の一式を見せた。お姉さんは「あっ」と気が付いた。しかし母にひじでどつかれた（たたかれた）。

誠実な少年を犯罪に導こうとする母親。

母の言い分は、気が付かないのは気が付かない方が悪いんだから、だまっとりなさい、と言うもの。どこまで本気かわからない。見習い期間中にいやな目にあって、松坂屋にうらみでもあるのだろうか。

ついでに母は、松坂屋の売り場のどこに美人が配属され、どこにそうでない女性が配属されるかまで、僕に教えた。どう教えたかは社会的えいきょうがあるので秘密。

話を元にもどして。

美容院をやっていていやなのは、食事にかみの毛が混じる事。店からもどって来る時は、母も祖母も、見習いのお姉さんたちも、念入りにはらい落としてくるのだが、どうしても混じる。細かい毛ならまだしも、と言っても、これも口の中で確認するといい気分ではないが、時にはものすごく長いかみの毛がツルーと口から出てくる。

そういう時は、指でつまんで、チュウインガムのように、口から引き出すのだが、自分でも思った以上に、長くて、太くて、黒いのが出てくる。そうやって出して見せると、慣れているはずの母も祖母もお姉さんたちも、イヤーな顔をする。

でも慣れているから、ちらっと見るだけで、そのまま食事を続ける。職業がらというやつ。

でも一度そうやって出して見せたら、あるお姉さんが、おはしをピシッとテーブルに置いて、

「マコちゃん、そういうことやめなさい！」と真けんにおこったので、その時以来、

そういういやがらせはしないことにした。

美容院は、食べ物で損をするばかりではない。一番のみ力は、お嫁さんの引き出物にありつくことができることだ。

うちも美容院だから（知らない人はいないと思うけれど「スミレ美容院」という）、お嫁さんを作る。作るというのは、頭を結って、着物を着せて、お嫁さんのあいさつに付き合って、一日お世話をすることだ。頭を結うというのは、高島田を結うということ。時々地毛で結う人もいる。今はかつらの人もいる。

頭を結うには技術がいるが、着物を着せるには力がいる。帯をぎゅっとしめなければならないから。祖母も年寄りだが、着付けの時に店で見ていると（時々店に出ることが許される）、足をお嫁さんのこしに当てて、ぎゅっと体重をかけてしめ上げる。昔の人の力は強いから、若いはずの母より、きちんとしめ上げることができると、母に聞いたことがある。

そういう支度は、結婚式の朝早くからうちの着付けの部屋で始まる。

そうやってお嫁さんを作っておいて、その後はそのお嫁さんに付き合って、結婚式場や、えん会場、新居のご近所さんへのあいさつ回り、新郎のご両親へのあいさつ、そしてやっと新郎の家に入るところまで、付き合う。と中でおけしょうがくずれたり、着物がゆるんだりすると、応急手当てをしないといけないから、母か祖母かどちらか担当する方が一日中付き合う。

お嫁さんのすそを片手で持ってあげて、もう一方の手には七つ道具のカバンをもつ。七つ道具のカバンには、歯の長い独特の形をした、高島田用のクシや、髪を結わえるコヨリ、髪の油などが入っている。ふたを開けると独特なにおいがする。

一日の仕事は大仕事で、だから、お嫁さんづくりの料金に加えて、えん会で親せき一同に出されたごちそうのお引き出物ももらって来る。

内容はいろいろだが、一番ごうかなのは三段の折づめで、それぞれ赤飯、料理、お菓子が入っている。どれも二十センチ四方ぐらい。赤飯の折は、目いっぱい赤飯がつまっている。ゴマ塩の入ったふくろが付いていて、これをかけると、冷めていてもおいしい。というより赤飯は冷めている方がおいしい。料理の折には、メインとして鯛の塩焼きか、かしわ。やはりどちらも冷めていてもおいしい。あとはエビや卵焼き、コンブの煮たの、黒豆。豆はあまくておいしい。コンブは母か祖母にあげる。かしわはたいてい、聡がたべてしまう。聡が好きだから聡にゆずる。鯛の時は、骨があるので、僕がゆっくり食べる。光はあまりもの。たいていさかなのさい京焼き。

お菓子はラクガンで、ちょっとあまみが足りないが、母や祖母みたいに年取った人にゆずる。ときどきビニールの型にはめられたお砂糖が、お菓子の折の代わりになっていることがある。そのビニールは鯛の形をしていて、ピンクや緑の色がついている。お砂糖だから直接食べられないが、料理につかう。

このようにお嫁さんのお引き出物は、うちでは大のごちそうで、いったん食たくに上がると、食いあらされると言っていい。

名古屋の嫁入りについて祖母から聞いた話。

名古屋の嫁入りが派手だとは、名古屋しか知らない名古屋の人間にはわからないが、「そりゃあ、派手だよ」と祖母が言った話。

ある名古屋の家が嫁を出すことになった。嫁入り先は名古屋の外。ご両親があいさつに行ったところ、おむこさんの家族は、何気に「どうぞ、フロシキ一枚でおいでください」と言ったという。これが名古屋人をおこらせた。「フロシキ一枚でだと。おれをだれだとおもっとる」というわけだ。

結婚式が終わった後、お嫁さんの家財道具が、おむこさんの実家に届いた。そこで新婚生活が始まる。いわれた通り、その荷物はフロシキ一枚で包んであった。けれども、おむこさんの実家のひとたちは、みんなおどろいた。なぜかというと、トラックの荷台に積まれた、家具や布団の花嫁道具一式が、ものすごく大きな一枚のフロシキで包まれていたからだ。お嫁さんを出す名古屋人のいじを伝える伝説といったところ。結婚式のために目いっぱい貯金するのは本当みたいだが。

うちも光のために、貯金が始まっているのだろうか。兄たちには分け前が回って来るのか。

じょう談はさておき、美容院の子どもの苦労をもうひとつ。

美容院のかせぎ頭は、お嫁さんづくりに続いて年末年始の髪結いと着付け。みな正月に年始に行くので、そのためにおめかしをする。だから年末は深夜までお客さんで満員になるし、正月は朝早くから着付けの人でにぎわう。母は見習いのお姉さんたちに、

「年末はてつ夜だからね」

と、カツを入れる。問題は僕たちのご飯。父は自分で食べることができるからほおっておかれるが、年末年始に子どもたちをうえさせるわけにはいかない。

という訳で、僕たち子どもは、毎年年末は、親せきに預けられる。預けられた先で、その家のおせちを食べ、紅白歌合戦を見て、お年玉までもらって帰って来る。

母は八人の兄弟姉妹で、子どものいない人が多い。僕たちはその人たちに、代わり番こに預けられる。去年は武豊、今年は常滑といった具合。来年は光ちゃんがいい、

とリクエストが入るときもある。

預けられる家は、おじさんやおばさんの家だから、それほどでもないけれど、やっぱり他人の家だからしんみょうにする。ぎょうぎよく座って、出されたおせちを食べて、紅白歌合戦を見る。年が明ければちゃんと新年のあいさつをするよう親せきのひとたちも期待しているので、自分でちゃんとする。お年玉をもらっても、代わりにお礼を言ってくれる親がいないから、自分でお礼をしなければならない。新年早々きゅうくつで、冬休みの楽しみがない。大きくなって、あの時世話をしてあげたのに、と言われる気がして、冬休みの宿題をもらったみたいな気分になる。

というわけで、美容院の子どもにとって、正月はのんびりしてられない。みんな知らないと思うけど。

美容院は近所の女のひとたちが集まるので、情報交かんの場所になる。近所の女のひとも働いているので、ブツブツ交かんもする。お店のとくい客になってもらうために、お客さんの商売している商品を、買ってあげることもある。うちが新聞を四紙ぐらいとっているのも、そういうわけだ。

交かんされる情報は、近所のうわさ話もあるが、最も関心のあることは、子どもの教育。僕は母が近所の人たちと交かんした情報で、いろいろなところへ行く。オルガン教室、じゅく、海洋少年団、水練学校、英語会話……。

母が旅行好きで、休みとなれば、父にたのんで旅にでかけたがるのも、美容院のお客さんからの情報にし激されるから。母は、近所の家の内部事情にもくわしい。誰の情報を聞いているかは、内しょ。

第二部　日間賀島《ひまかじま》

この年、僕は小さい時いっぺん行ったことのある日間賀島に行く。

僕には知多半島の先の日間賀島と言うところに「郷田カイ」と言うひいおばあちゃんがいる。そのおばあちゃんは、もう今では九十才ぐらいで、時々アサリの味をほぐしたものを送ってくる。その人を訪ねていくのだ。

今年、六年四組の担任をしている里美先生は、大高にふ任する前は、日間賀の小学校の先生であったそうだ。

日間賀島は知多半島の先の小さな島である。僕たちは日が暮れようとする時、船に乗った。かなり空いていたと思う。初めて乗る船、僕はうれしかった。父が船から身をおそるおそる乗り出して、八ミリカメラで海にしずみゆく太陽をとっていた（かっこいい！）。

日間賀島に着く。

防波ていの間にうなぎがたわむれていた。こんなにもたくさんの人がいて、だれも取らないところを見ると、もうだれかが取ってあみの中に入れてあったのかもしれない。


翌日、島の東側の海岸で泳いだ。といってもこのころ僕は泳げない。そのせいか僕は、岸のところで、ヤドカリの小さいのばかりを取っていた。この時はたくさんのヤドカリを取った。全部体長一センチメートルぐらいのものばかり。取っても取っても取り切れない。小さなバケツにヤドカリがたまった。つかれて立ちあがって背をのばして、海岸を見る。こんなに広い砂浜に、一体何びきのヤドカリがいるのだろう、海の水の中まで行ったら、さらにもっともっと想像できない数のヤドカリがいるにちがいない、みたいなことを考えてたように思う。頭がくらくらしていたように思う。何を考えていたことやら。今なら大喜びで水の中に入って遊ぶのに。

そんな僕に父が、

「こんなに大きなクラゲがいたよ」

と言って死んだクラゲをザルに取ってきてくれた。それに僕を海に入れるためか、

「大きい魚もいるよ」

と言ったので、それからは聡といっしょに水のかけ合いをやりに行った。

しばらくすると母が、ボートを借りて乗っていたので、僕たちも乗せてもらった。僕たちがあまり動くので、ひっくり返りそうになった。

母は、気楽に泳げなかった。なぜかと言うとよちよち歩きの光は、ちょっと目をはなすと、どこへでも行ってしまうからだ。しかし光もまだ、立って歩くのよりもはいはいのほうがうまかった。

第三部　東海道新幹線

この年の翌年の十月十日には、東京オリンピックがあった。そのために新大阪から東京まで、新幹線が走る。このころは僕もまだ幼ち園。よくサボって工事の様子を見ていた。まず深さ一メートルぐらいの穴をほっていた。ははは五十センチメートル。ほっているときにヘルメットが置いてあったので、それをかぶって母に、写真をとってもらったのが、アルバムにはってある。

それから母が、その人たちのために、ぼたもちを作った。そして母はその人たちに、

「どうぞ」

と言って、差し出したら、ある人は、

「あぁ、いかん、いかん、そんなことしてもらっては、うちの母ちゃんにしかれる」

と言って断った。それで母は、

「まぁそんなこと言わないで」

と、無理におし付けたので、とぼとぼと(本当はうれしいのだろう。素直にもらうと格好が悪いとでも、思ったような事だ)食べに来た。みんな「おいしいおいしい」と言ってくれた。お世辞かもしれない。

次は、鉄のやぐら組み。新幹線の土台の表面はコンクリートでできている。それと、同時に土で土台を作っていた。そ

盛土の前でしゃがむ兄弟

の時一度上に登ってみたかった。

今度は鉄柱を立てて、電線しき、線路しきなどを行った。

この新幹線がここを通ったので変わったことがたくさんある。

まず、大高タクシーが向こう側にわたり、大高駅が鉄筋に変わった。あと、日当たりが悪くなり、朝、早くからしん動で家がゆれ、そう音で目が覚めることがある。もう慣れてしまったが、なければないにこしたことはない。だけど国鉄大高駅には一分だから、便利といえば便利。

コラム　「個人商店」

大高町は戦国時代に今川義元の出先の城である大高城の城下町であった。そのため街の交差点は多くが三叉路であり、侵入してきた敵が一気呵成に城に攻めこめないように設計してある。その中で商店が連なる道は「銀座通り」と呼ばれていた。

尾張国知多郡大高村で生まれたといわれる豊臣秀次は、豊臣秀吉の甥であり関白にまでなった人だから、大高の「銀座通り」は、日本の「銀座」の名づけの親の秀吉が関与していたかもしれず、東京に「銀座通り」ができる百年も前から存在していた商店街かもしれない。とはいえ実のところは全国三二三か所あるという「銀座」の名の付く地名と同様、東京の「銀座通り」にあやかって命名されたのであろう。

そこにあったお店を思い出すままに並べると、米屋、肉屋、お菓子屋、饅頭屋、焼きそば屋、ラーメン屋、酒屋、醸造元、本屋、雑貨屋、金物屋、文房具屋、模型屋、眼鏡屋、自転車屋、床屋、パーマ屋、仏壇屋、新聞配達店、銀座市場の中の八百屋、魚屋、みそ醤油屋等々である。どの店も家族で経営していて店先に立つのは主人か奥さんか、跡継ぎの方。訪れればこちらの名前を知っていて、親も同級生だったりするからお行儀良くしなければならない。友人の何人かはそこの子息で、訪れれば親御さんはお客さんを迎えるように笑顔で迎え入れる。私の母も友達が遊びに来ると玄関で正面向いて対峙して迎え入れた。お客様商売をしている人の習い性なのだ。通りの中央辺りに小さな八幡神社があり、暗くなるまで商店街の子たちとボール遊びをした。そんな街並みが五十年たった今、本当に寂しくなった。

二〇〇九年、大高駅のすぐ南に南大高駅ができた。名古屋市にあるJR東海道線の駅の中では一番古い大高駅の隣に、名古屋では一番新しい南大高駅ができたことになる。その駅に直結する大型ショッピングセンターは、広大な無料の駐車場が併設された、シネマコンプレックスが入店する典型的な「大規模小売店舗立地法」に基づく店舗だ。

「銀座通り」を懐かしく思いながらも、つい便利でにぎやかな大規模店舗に車で乗りつけ買い物をし、ランチを食べて映画を見て帰って来る。でもそこには誰も知っている人がいないのだ。

コラム

「文金高島田」

日本髪の結い方の一つで、古代の埴輪人物像にもみられる島田髷《しまだまげ》の一種。現在に伝わる形は江戸前期の「若衆髷《わかしゅうまげ》」（成年男子の髪型）を基礎に考案されたものであり、語源に定説はないが、東海道島田宿の遊女が結いはじめた髪型に由来するという。初期の髷《まげ》は大島田《おおしまだ》といわれ髷が太く素朴に結われていたが、のちに技巧が加えられ、根を高くし髷を厚く結う高島田、根を低くし髷の中央をくぼませるつぶし島田など、江戸中期から後期にかけて三十近くの種類が考案されたという。根の高い髷は品格があるとして武家階級の女性に、根の低い髷は粋筋《いきすじ》（流行に敏感な人）に好まれた。現代の花嫁が結う文金高島田は、最も根が高く上品な形として、武家風の流れを汲むものという。

「文金」とは江戸時代の元文年間（一七三六年から一七四一年）に改鋳された元文《げんぶん》小判《こばん》と元文一分判《げんぶんいちぶばん》の総称である元文金《げんぶんきん》を指し、根の高い髷の結い方を貨幣改鋳によって急激に高騰してしまった物価になぞらえ、高級感を出している。

ある統計によれば一九六〇年代（昭和三十五年から四十五年）の教会式の結婚式の割合は約二％。実感としても当時は結婚式と言えば神前式で、婚礼衣装は和装だった。長い髪のかつらを使うひとや、わざわざその日のために髪を伸ばし、自分の髪で文金高島田を結うひともいた。最後は結った髷を鬼隠《おにかくし》でおおった。

当時は式場ではなく、美容院か実家で美容師が「お嫁さんを作った」。その後、式場、披露宴、嫁ぎ先のご近所への挨拶周りに介添えし、着物の乱れ、お化粧の乱れ、髪の乱れの面倒をした。いちにち仕事であった。

写真は結婚式の朝に母の高島田を結っている祖母。

結婚式の高島田

コラム
「東海道新幹線の工事」

東海道新幹線は一九五九年（昭和三十四年）四月二十日に着工し、一九六四年（昭和三十九年）十月一日に開業した。開業は東京オリンピックの開会式が行われる十月十日の直前であった。軌間は、日本の在来線の軌間一〇六七㎜（狭軌）より三六八㎜広い、一四三五㎜（標準軌）。東京地下鉄の銀座線や丸ノ内線、関西の阪急電鉄と同じくヨーロッパ、北アメリカ、東アジアを中心に世界で最も普及している軌間である。しかしなぜ狭軌が多い在来線と接続の悪い標準軌を選んだのか。

戦前の日本ではすでに狭軌による鉄道路線網がほぼ完成していたが、東海道および山陽本線の輸送力に限界が来ており、一九三九年（昭和十四年）ごろ、その拡充を目的として高速運転のできる標準軌を併設する計画を策定した。その計画は大陸と線路を繋ぐという壮大な構想の一部であった。その構想は日本本土から壱岐、対馬を経て釜山へ至る海底トンネルを建設し、ソウルを経て当時の満州国領、中華民国領内に入り、北京、南京を経て、シンガポールに至る約一万㎞の路線を建設するものであった。当時大陸で運営していた南満州鉄道は標準軌であり、これとの相性がよいことが念頭にあったに違いない。

そうしてまず一九四〇年（昭和十五年）、東京―下関間の増設工事が始まる。用地約八〇㎞分を取得し、新丹那トンネルの掘削などが始まったが、太平洋戦争の戦局悪化で一九四三年に工事は中止された。しかし戦後、日本経済の復興に伴い東海道本線は再び輸送力の限界に近づき、標準軌の輸送効率と経済性が再評価され、一九五八年（昭和三十三年）に東海道新幹線建設の閣議了解が得られ、翌年に着工した。東海道新幹線の線路の幅の裏には大陸横断鉄道の構想があったのだ。

東京と大阪間の五一五・四㎞を、開業当初は時速二一〇㎞で走り三時間十分でつないだが、現在は時速二八五㎞で走り二時間二十一分でつなぐ。

我が家の前の新幹線は土手の上を走る。写真の建設作業員はその土手を盛り上げているところだ。私達兄弟が建

新幹線の工事現場

設現場に入り込んでいるというより、建設現場が我が家に入り込んでいるような様相を呈している。木の柵は我が家のものであり、かかっているのは作業員の方のヘルメットだ。安全柵が設けられているわけでもなく、当時の建設現場は今と比べるとかなりのんびりしているように見える。母は彼らにお茶を出していた。

第四章　入学

第一部　三十九年度（一年生）

昭和三十九年、僕は小学校に入学した。はじめての記念写真。下を向いてねているように写っている。

少しずれたが、身体検査の時、いろいろな、他のものは、もう済んで、あと耳の検査と言う時に、ものすごく人が集まっていた。

するとそこへ、浜島先生が来て、特別に僕だけ検査をやってくれた。やり方と言うのは、浜島先生が、七、八メートルはなれたところから小さな声で、「スイカ」とか、「トマト」とか言って、僕に聞き取らせるのだ。僕はあまり慣れていなかったので、僕まで小さい声になって「スイカ」「トマト」と言った。すると先生は、

「あはん、へー、もっと大きい声で、言って」

と言うと、近くの六年生の女の子が、

「先生、あの子ちゃんと言ってるよ」

と先生に近づきながら言った。

先生は、首で「うん」と照れくさそうに合図して、続けた。

僕たちの先生は、山口みどり先生と言って昔、まりちゃんや、ひろこちゃん達よりもずっと昔、僕が三才から四才のころの見習いに来た人にそっくりな顔の人だった。遠足は大高緑地に、東山動物園。まだ、キリンが今とちがって出入り口に近いほうにいた時である。

またそのころの通学団の班長さんは、一年生の僕に親切にしてくれた。僕が時々おくれてくると、近道を教えてくれたりした。その子たちは、髪の毛を横に分けているハンサムな背の高い子と、背の低い目のギョロッとした子の二人である。今日も雪合戦を聡とやっていたら、その背の低い子に会って、こっちを向いてニコッと笑った。今でも覚えていてくれたので、うれしくなったが、そのうちに、聡に雪玉をもう一発食らってしまった。

第二部　四十年度（二年生）

昭和四十年。小学校生活、約一年。月日が経つのも、早いもの。もう一年経った。

このときの先生は、山田よしえ先生。この先生には、よくしかられた。少しのことでも、すぐ、頭をなぐった。それも、大量に、いっぺんになぐるのである。今で言うなれば、大量ぎゃく殺とでも言うのか。教育委員会に言ってやりたいぐらいであった。

＊

この年は、奈良県の奈良ドリームランドに行く。だんだん、そのころからだろう、ケツが、軽くなったのは……。その意味は、また後で。

名阪国道ができる前の道を、通って行く。いろいろなわき道を通って行った。ある田舎道に、入って迷っていたら、「コエ」のにおいが、プーンとにおってきた。

それで祖母が、

「うわぁ、田舎の香水」

と言ったので、みんなはワハハ、ワハハと大笑いをしてしまった。田舎の香水とは、うまくいったものだ。

それから、いろいろな人々に聞き、聞き、やっとのことで、ドリームランドに着いた。

ドリームランドにつくと、まず、気がついたのは、アメリカのディズニーランドをアリナミンAの宣伝で見ているが、それによく似ている山やおもちゃの汽車や家、道や、兵隊など、いろいろなものがそっくりだったことだ。

大勢の人々がいたので迷子になりそうだったが、なんと、入場料が、大人六百円、子どもがその半額の三百円であった。それに、遊ぶものの乗り物料金も高かった。規模も大きいし、従業員も多い。

僕が初めて乗った乗り物は、船。模型のジャングルの中を、客船に乗って一まわりするのだ。船の先で、かじを取る人がいろいろ説明している。急にその人がモデルガンで、パーンとうつと、向こう側に立っていたマネキンのインディアンが、弓を引いたそのままの格好でバタンとたおれた。おかしくなった。それに、人工の川に機械で口がパクパクするワニや、頭を水の中に入れたり出したりさせるカバなど精密に作ってあった。

一まわりして、降りてくると、みんなでお弁当を食べていた。おにぎりだったが、おいしかった。

次は、せん水かん。せまくてうす暗い所には、アベックもいた。十月だと言うのに、暑くなってきた。五分か十分ぐらい待って、やっと出発した。人魚の集団やタコ、ニセの魚、本物の魚。それから、トビウオもいたが、トビウオは海面に体を出して飛ぶ。これは当たり前だ。せん水かんに入る前に見た様子では、海面には何も出ていなかった。

一まわり回って、外に出てみると、やっぱり何もなかった。近くにはトンネルがあるので、もしかしたらそこにいたのではないかと思う。

夜八時ごろ、もうそろそろ閉店と言う時に、母に直径二センチぐらいの、えん筆を買ってもらった。今でも机の引き出しに入っているが、太すぎて使えないので困っている。

第三部　父の病気

ちょっと順番を間ちがえたが、この年の四月二日、僕が二年生になって初めて、学校に行く時、父は、布団の上で、

「腹が痛い。腹が痛い」

たら、

とコロコロ転がっていた。僕は学校へ行ったが、平山医院の先生にしん察してもらっ

「この痛みはウチではようせんで、外科へすぐ行った方がいいよ」

と言ったので、母は父を連れて名市大へタクシーで急いだ。

長いこと待ってやっと番が回ってきた。それからまた、レントゲンなどを長いことかかって調べた結果、大腸に穴が開いていることがわかった。そしてすぐ手術。延々三時間半もかかった大手術であった。

その三時間半をつかって母は利夫兄さんの車でうちに入院用具を取りに来た。深夜だった。兄弟三人は二階のたたみの部屋に並んでねていた。さわがしさに起きてしまった僕たちの前に、暗い中、母が立っていた。起きていることに気が付いて、

「あんたたち、覚ごしときなさいよ。母さん行ってくるからね」

と、大きな荷物をかかえた母が宣言するように言った。

僕は父が死んだらどうなるのだろうかと、こわくなった。なみだはでなかったが、朝までねれなかった。聡たちはねていた。

あとから聞くと、父が手術室に運ばれる前、もし手術に失敗して父が死んでも、文句はありません、という宣せい書にサインさせられて、こわくなっていたから、自分

の顔もこわくなっていたんだわ、とのこと。時々母のこわい顔を見る。

父は手術の結果、大腸の三分の一を切りおとしてしまった。それにおへそが、本物を入れて、七個ぐらいになってしまった。どうしてかと言うと、腹の中のきたないものを出すように、ゴム管をくすげて（さして）吸いだしたのだ。父は、今は「おれの腹はキレイだ」と、政治家のまねをして自まんする。

そもそもどんな病気だったか、というと、昔のもう腸の手術が化のうしたので、再手術したということのようだ。

父は子どものころにもう腸の手術をしたが、うまくぬい合わされず、もう一度手術した。この二度目の手術が戦時中で、さらにいい加減だったらしい。この時はもう腸を切っただけでなく、小腸と大腸をつなぎかえたのだそうだ。そのつなぎ方が悪かったらしい。

だから今回は大腸を大はばに切り落として、大腸と小腸を直角にではなく、直線につないだのだそうだ。

大腸を短くしたから、大便が大腸にとどまる時間が短くなり、大便から発生する悪い物質が体に回らないから、これからは自分のはだはつやつやになる、と元気になった父は言っていた。そういう手術の効果を目的にして、元気なのに大腸を短くする手術をする女優さんがいるらしい。父のじょう談だが、父がじょう談を言えるようになるまでには、もう一苦労あった。

手術から五日間は、小部屋にいた。ものもあんまり食べさせてくれないので、物音にはびん感になった。

話す声も小さく、特に、ドアの取っ手には物がぶつかっても音が出ないように、包帯がぐるぐる巻きにしてあった。ある日僕は見まいに行ったが、父はうつろな目をしていた。僕はすぐに帰ったが、母の話によれば、

「この五日ごろまでは、山で、今のところは、五分五分だ、と先生が言ったもんで、五日ごろまでは、お父ちゃんの後について、おならを待っていたんだよ。おならが出ると大腸が完全につながったことになるからね。そうしたら、五日目の夜やっと大きいおならが、ブーと出た」と言っている。それからしばらくして、「心臓の悪い子が入ってくるので、大部屋の方へ移ってもらいます」と、看護婦さんが言いに来た。もうおかゆぐらいは食べられる父であった。その子も助かったらしい。

父が大部屋にうつれば、もちろん護衛役の母もいっしょについていく。そこで母は病室の一番角にねている人の護衛役の人と仲良くなり、僕がもらった色紙や竹をうまく使ったかさを見て、母はその人に、かさの作り方を教わった。そのかさを一個と半

分ぐらい作ったころには、父もめっきり良くなって、ふつうのご飯に近いものを食べていた。

約三週間後、四月二十五日ごろ、退院した。

その時は、おじさんの利夫兄さんの運転する自動車で、大学病院まで行って、父を乗せてきたが、元気はあまりおとろえた様子ではないが、少しやせた気がした。

＊

その年の九月ごろ家をついに新築した。といってもとなりに、家をつぎたしたと言うだけのことである。

台所を広くし、店も少し広くし、二階も広くして勉強部屋を作り、着付けの部屋を作った。店のゆかにピータイルをはり、洗面所の位置を変えたことは大きな変こうだ。

まだ柱しか組んでいない時、二階のゆかの柱にはしごがかけてあった。僕は弟といっしょに、そのはしごを登って二階へ行こうとしたら、はしごがフワン、フワンとたてにゆれるので、おそがく（怖く）なって急いで降りた。

二階のゆかの板を、大工さんが張っていた。今度は、僕たちはそこへ登って行き、半分張ってあるところで、下を見ようとしたら、大工のおじさんに「おい危ないぞ」

と注意されてしまって、残念ながら下をのぞきそこなった。

大工さんが帰ってからまた見に行った。あぶないから、行かない方が良いと父から言われているのではあった。

しかし僕たちは、そんなことを知っていても、構わず、勉強部屋の方から登った。まだ半分やりなので、キシキシときしんだ。もうおそがくなってしまった。危ない危ないと思いながらやっと、下が丸見えのところに着いた。下を見たらちょうど母が台所で店をやっていた。僕は、

「お母ちゃん」と呼んだ。母は、目を丸く大きくして、

「あーびっくりした。危ないから降りてらっしゃい」

と言ったので、正直な僕たちはすぐ降りて台所へ行った。

母は台所でお客さんの頭の毛を結っていたのだ。着付けに使う大きな鏡を前にして、なんか戦争の後のとこ屋みたいな、貧しい屋台みたいなところであった。

店は、ゆか張り、ピータイル張り、ガス管しき、水道管しきなど、まだ建設中であった。だから母は台所で商売をしていた。

また、鏡を取り付けるときであった。大工さんがヘマをして、鏡の裏にのりをつけてはって取りつけたら、しばらくしてその鏡の表面に、白いボツボツが出てきた。父は、

「それは大工さんに、弁しょうしてもらうだわさ」

と、大工さんにおし付けた。何しろ大きな鏡だから、弁しょうするにもすぐにとは言えない。だから大工さんは気の毒なくらい、一生けん命、毎日みがいた。その結果、縁のほうを残して、全部大体四枚ともきれいになった。

＊

そんなある日父が、まだ交通公園のできていない大高緑地へ連れて行ってくれた。その日は、特別日が強く、夏の日が残っている感じだ。まだ幼かった僕たちは、すべり台で遊ぼうと、すべり台をすべるところに着いた。すべる板は、夏の日差しでちんちんにやけついていた。半ズボンの僕は、たまったもんじゃないと、もどって階段から帰ろうとして立とうとしたら、聡が後ろに付いていて、足でポンポンポンとおした。僕は、たまらなくなり立って、そのまま走って降りていった。聡はそのまま、すべってきた。父は僕の気も知らずに大笑いをしていた。

第四部　四十一年度（三年生）

どういうわけだか、二年生と三年生とは、同じ先生、山田よしえ先生だった。厳しい女先生だった。

視ちょう覚教室でのこと。東ろう下のおくにある和室のことだ。ＮＨＫの教育テレビで、「太陽の動き」をクラスのみんなで視ちょうした。僕たちはたいそう座りをして、テレビはみんなに見えるように高いところにあった。三十分ぐらいの番組で、太陽が東から上がって、南を通り、西にしずむというのを、案内のお姉さんとお人形が教えてくれた。

番組が終わった時、僕は手を挙げて、

「先生！　太陽が動くのでなく、地球が動くんだがね」と、言ったら、山田先生が、

「服部さん、あなたはだまっていなさい！」

と、しかられた。先生には悪いけれど、そのころ僕たちはもう、みんな、そういうことを知っていたと思う。

＊

夏休みに入る前に、ヘチマの芽を植えた。夏休みに入って、登校日、教室に入ってびっくり。ヘチマがものすごく大きくなっていた。植えた時期、植えかえた時期が良かったんだろうが、他のクラスのは、申し訳ないぐらいの芽が出たぐらいだった。こっちはつるが張りつめていて、室内が暗くなってしまうぐらいだった。

＊

三年生のころから父によく映画に連れて行ってもらった。父は、税務署でならったそろばんで、うちの近所の商売屋さんの経理をして、お金をかせいでいた。同時に、名古屋の映画会社に勤めて、そこの経理もしていた。映画会社と言っても、映画を作っている会社ではなく、映画を上映する方の会社。いくつかの劇場を名古屋のあちこちに持っていて、買った映画を持ちまわって、入場料をかせぐ。

劇場があちこちにあって、その入場料も集計するので、一日の内にあちこちの映画館に行く。時々、仕事につかれると事務所からおりてきて映画を見て一服する。何か見たい映画があるわけでなく、時間つぶしに映画を見るという不まじめな映画の見方をしていた。

しかし犬も歩けば何とかというように（父自身の言葉）、ときどきすごくおもしろい映画にあたる。

公民館で東映マンガ祭りを上映すると、よくみにいく。『西遊記』や『ガリバー宇宙旅行記』がおもしろかった。カラーだし画面が大きいからはく力があった。だから父に映画に連れて行ってもらえるのは大変うれしい。

最初の内は父も子ども向けの映画を選んでくれた。印象に残っているのは『ゴジラ・エビラ・モスラ南海の大決闘』。

だけど、子どもに人気のある映画は、父の会社の映画館でも（どの映画館も場末の映画館だった。これも父の言葉）、満員おんれいで、見る席がないときがある。席のうしろに立ってみる人もいるが、僕は背が低いから、その方法は無理。だいいち、二時間も立っていられない。

そういう時、父は、映画館の映写技師さんにたのんで、僕は映写室から映画を見せてもらった。映画館の劇場で後ろをふり向くと、映画の光の束が出てきている。あの小さなガラス窓のおくだ。

事務所のわきの秘密の階段みたいな、せまいところを登っていくと、うす暗い部屋に出る。大きな映写機が二つ並んでいる。それぞれ二個のフィルムのロールをつけている。一方のロールからフィルムが出て、映写機の内部を複ざつに回って、もう一方のロールに巻き取られる。そのと中で、強い光のまえを通り、そのコマの絵がレンズで拡大されて、向こうのスクリーンに映し出される。

と中であの小さなガラス窓を通るので、そこにも映画が映される。ものすごく小さいけれども。ガラス窓からのぞくと、はるか下に映画の上映を待っている人たちが見える。上から見るとたばこの煙がじゅう満していることがよく分かる。

上映が進んでしばらくすると映写してきた映写機がカラカラと言い出す。フィルムが終わりかけている知らせだ。そのうち、ガッチャンと音がして、となりの映写機が動き出し、そこに用意してあるロールが映写され始める。上手にフィルムがつなげてあって、機械が自動的に切りかえるので、人間の目ではつなぎ目はわからない。

そうやって一缶目のフィルムが映写し終わると、映写技師さんはロールを外し、三缶目のフィルムを設定する。フィルムのはしをのばしてきて、映写機の内部を複ざつな順路でフィルムをとおし、反対側のロールへつなぐ。この映写機には今映写している二番目のフィルム缶が終われば、自動的にもどって来る。

三缶目の設定が済むと、二缶目を上映しているうちに一缶目を巻き取る。反対側から巻き付いているので、これをすぐとなりのテーブルの上にある巻き取り機にはめ、一方にからのフィルム缶をはめて、手でぐるぐる回して巻き取って、元にもどすのだ。

その巻取りが終わるころに、映画館の運送係がやってきてその巻き取ったフィルム缶を持ち去る。

その運送係はそのフィルム缶を、同じ映画を上映している別の劇場に運ぶ。人気のある映画は、いくつかの劇場で同時上映するが、会社の手元にあるのは一そろいだけ。フィルムをまわし使いするためだ。

だからこの運送係はバイクで急いで出かける。おくれたらそこの映画が上映できなくなるからだ。とはいえ、映画はふつう二本立てだから、二時間ぐらいかけて運べばいいらしい。

そしてその運送係は、フィルム缶を届けると、届け先から今度はこちらの劇場の二本目の映画の第一缶をもって帰って来る。

映画館ではこのサイクルが一日中くり返されるらしい。結構いそがしい。

それで、映写室からゴジラ映画を見させもらった感想はというと。

せっかく見せてもらっているのに悪いし、人とちがうところから見るのも面白かったけれど、スクリーンまで遠いので絵が小さいのが不満だった。それに音もスクリーンから遠いのではく力がなかった。やっぱり映画はイスに座ってみるのがいい。当たり前の結論になった。

こういうのは子ども向けの映画だったので、よかったが、父はときどき、子ども向けを忘れて、大人が楽しめる映画に子どもを連れていく。と言ってもエッチな映画じゃなくて大まじめな映画。そういうときは、しげきが強すぎて心臓がバクバクしたり、大泣きしてしまうことがある。

その記念すべき一作目は『眼下の敵』という戦争映画（題名を忘れたので、さっき父に聞いてきた。父もうろ覚えみたいだからあてにならないが）。

どっちが敵か味方かがわからなかったが、ともかく逃げていく方は、がけっぷちの細い道を一列に逃げていく。足をすべらせたら終わりだ。そこに敵機がおそって来る。逃げ場のない人に向かって銃げきする。バタバタとうたれる。逃げようとして足をすべらせて転落する。敵機の方の難しいのは、逃げる人間はガケを背にしているので、近づきすぎると自分がそのガケに激とつする。

別のシーンでは、貨物列車で運ばれる人たちが、ゆかをぬいて線路に降りる。それだけでもスリルがあるのに、列車の最後尾には敵の見張りが立っているので、降りた線路の上で動かないでいると、最後には見つかる。一人でも見つかればあやしまれて、全員殺される。だからいったん、線路に降りたら、目の上を通過している列車の車輪の間を、タイミングを見計らって転がり出なければならない。タイミングを間ちがえば、車輪でこなごなにされる。

僕はこのシーンを見ていたら心臓がバクバクしてきて、おそろしくて見続けることができなくなった。なのでと中で出てきてしまった。

二本目の映画はヤコペッティの『さらばアフリカ』。これは父に聞かなくてもカントクも映画の題名も分かる。

アフリカの実話のきろく映画。アフリカの海岸線を白い服をきた現地人が海に向かって逃げている。カントクの乗ったセスナが上空からさつえいする。翌日、再びカントクがそこをセスナで飛ぶと、白い服を着た現地人がずらりとたおれている。一晩の内にみな殺しにされてしまった。

その単純な映画が、僕には大変こわかった。人間が本当に死んでいる映像だ。だれかが殺したわけだが、だれが殺したんだろう。なぜこんなにたくさんの人を一晩のうちに殺さなければならないのか。しかもみんな殺されることをわかって逃げていたのだ。

僕はヒックヒックと引きつりながら、泣きながら見ていた。映画が終わるころには収まったが、父の車で帰るとき、思い出してまた泣き出した。父が、

「感動泣きしちゃったの？」

とからかい気味に言ったのに腹が立った。

父に腹が立ったので、この際、父の行動の目げき談を一つ。何が起きていたのかは、父も母もくわしくは教えてくれないので、僕の経験したことだけ書く。しかも僕もこの時のことをくわしく覚えていない。僕もだいぶ動転していたのかもしれない。

*

まず、このように父に連れられて映画を見に行ったある日、父の車の後ろに座っていると、知らない女性が乗ってきた。

僕はそのころ左足のすねにケガをしていて包帯を巻いていた。乗ってきた女性はその包帯がゆるんでいるのを見て、勝手にまき直し、しばり直した。そうしたら、運転席の父が、

「その女の人のことは、お母ちゃんに内しょだぞ」

と言った。

しばらくして僕たち兄弟が目げきしたことは、母のいかりである。台所から、ガチャーン、ガチャーンとすごい音。止まることがない。三人は台所へ降りて行った。

そこでは母が、食器だなにある皿を、次から次へと取り出して、ゆかにぶつけて割っていた。すごい形相で。テーブルには父が一人、だまって座っていた。ゆかには

割れた皿が散乱していた。足のふみ場もない。

そこで記おくが飛んで、気が付くとかやに囲まれてねている。起きてみると向かいに母が座っている。横を見ると窓があって、強い日差し。その中を見覚えのある顔が通過する。僕に気が付いたように、

「あ、マコちゃんがいるがね」と言う。

この見覚えのある顔というのが母の妹で、その人から聞いた話では、母は長男の僕だけ連れて逃げ、自分の故郷である知多半島にある旅館を転々とし、母の兄弟姉妹一同で服部母子を探し、たまたま見つけ、連れ帰したとのこと。

子どもの僕には何が起きたかはっきりしないが、何となくわかる。父と母に聞くことができないので真相はやぶの中。大人になったらおばさんにでも聞いてみよう。

第五部　東大寺

四十一年には、初めて奈良の東大寺に行った。おしりが軽いと言う事は、つまり、よくドライブへ行くと言うことだ。四年生の自分なんかひどいものだった。ちょっと休みがあれば、すぐ、京都だ、奈良だと行きたがる。

東大寺には、名神高速道路で行った。はじめての道でも、そんなに大きな道順の間ちがいをしなかった。

東大寺の公園の中に入ると、鹿が、たくさんいるのでびっくりした。道路の所々に、鹿のフンが転がっていた。踏まずに行けと言う方が無理である。道路のわきに車を止めようとしたら車がぎっしり。空いているところが、あると思うと、駐車禁止か、家の門の前かぐらいであった。僕たちは仕方なし、有料駐車場に車を置いたが、何せこういうところと言うものは、僕の経験によると、みんなが仕方なく来ると思っていい気になり、どんどん値上がりしていくのだ。そこの駐車場はノータイム、三百円だった。

公園の中を歩いていくと、南大門が見えてきた。そこには、仁王が立っていた。この像に鼻紙をかんで仁王像にひっつけると、力が強くなるのだそうだ。

門をくぐると、出店のおもちゃ屋がいっぱい店を出していた。みんな、小さい子向きのおもちゃばかりである。

料金所の近くに池があった。あまりきれいと言えなかった。

子ども料金は六十円。大勢の人がつまっていた。やっと中に入ると、目の前に大きな家が建っていた。外国人もたくさんいる。二、三十メートルぐらいの道はばの砂利

のひいてある道の先に、大きなとうろうの頭をちぎったようなところから煙が出ていた。僕は父に、

「あれは南大（何だい）」

と、聞いたら父は、

「きっと、みんながかぶっているので……頭が良くなるんだわ」

と、たよりない返事。頭が悪いとみられたくなかったが、すばやくぼう子に煙をかぶせてカパッとかぶった。

さていよいよ、本堂に入る。中は暗くて、写真のフラッシュをたかなければ無理であった。

ついに、大仏が見えた。

なんとなく優しそうな顔で、右手の中指をちょっと前に出して、手のひらを見せている。

左手は、はっきりわからなかったが、手のひらを上にして、軽くつき出している感じだった。

大仏の土台は、ハスの葉のようなもので、正面には大きな模型の花をいけた大きな花びんがあった。

裏に回ると、裏よりも、ちょっと出口よりの所の柱に、大仏の鼻の穴と同じぐらいの大きさの穴が開いていた。

僕ははじめ、本当にくぐれるのかと思ったら、体の小さい僕には、よゆうであった。中は、みんなが通るので、つるつると黒光りをしていた。長さは八十センチぐらいである。

大仏の周りを一周してきて、また大仏を正面から見たら、大仏の後ろの所には、金色の小さい大仏が、丸いかざりの付けてある金色の板に十数個ついていた。

大仏殿を出た。写真もとった。出口のところの店で、大仏さんの歴史をマンガに描いた本を買ってもらった。その本によれば、大仏さんの頭のクリクリは、確

奈良の鹿

か九百数十個だったと思う。

次は春日大社。

「とうろう」がずらりと並んでいる。とうろうには障子がはってあるのと、はってないのがある。はってないのは、元ははってあったのだが、石や何やらで、破れているのだった。

コラム

「奈良ドリームランド」

奈良ドリームランドは奈良市の北にあった遊園地。一九六一年（昭和三十六年）七月に開園し二〇〇六年（平成十八年）八月に閉園した。ジャングルクルーズや巨大ジェットコースター、メリーゴーランドがあって一日では回り切れない、当時としては異様に広い遊園地であったことを覚えている。ピーク時には年間一七〇万人が入場したというから、関西を中心に何度もリピートした人がいたに違いない。四十五年間も開園していた訳だから沢山の人の思い出に残っていると思う。残念ながら私は小学校二年生の時に一度行ったきりだ。

戦後の主な大規模遊園地を改めて列挙すると（以下、開園年‐閉園年）、甲子園阪神パーク（一九五〇‐二〇〇三）、後楽園ゆうえんち（現東京ドームシティアトラクションズ、一九五五)、奈良ドリームランド(一九六一 - 二〇〇六)、富士急ハイランド(一九六一)、よみうりランド(一九六四)、横浜ドリームランド(一九六四 - 二〇〇二)、ナガシマスパーランド(一九六六)、エキスポランド(一九七二 - 二〇〇九)、東京ディズニーランド(一九八三)、ユニバーサル・スタジオ・ジャパン(二〇〇一)と続く。奈良ドリームランドは大規模遊園地の先駆けだった。

これらの大規模遊園地では、各々独自の世界観の中でスリルとサスペンスのエンターテインメントを楽しみ、勇気を湧き立たせたり、心がほんわかするロマンを味わう。しかし最近は「絶望」をエンタメにする変わり種のアトラクションも登場している。富士急ハイランドの「絶望要塞」は、脱出するための課題が困難で成功確率は十万組に一組。ほとんどの参加者が使命に失敗してあっという間に出口から追い出され、絶望感を味わいながら再び長い待ち行列に加わる。遊園地のアトラクションは進化しているのだ。

奈良ドリームランドの当時の入場料金大人六〇〇円がどれほど高価だったかを知るために、母が遺した昭和四十年当時の家計簿から参考になりそうなものの値段を抽出した。

カレーライス一人前　一三〇円
かつ丼一人前　一五〇円
映画入場料大人一人　三五〇円

タマゴ十個　　　　　　一二〇円
駐車違反罰金　　　　四〇〇〇円

食品は概して令和五年の十分の一の水準ではなかろうか。当時の映画館は二本立てだったことを考えると映画一本は一七五円相当だから、入園料の六〇〇円はその約三・五倍という勘定。当時の遊園地の入場料としては破格だったであろうが、現在の比率に似ていなくもない。一方、タマゴの値段は現在の約半分、駐車違反の罰金は現在と大きく変わらない。タマゴが「物価の優等生」とすると罰金も「優等生」と言っていいのだろうか。

第五章 四十二年度（四年生）

話はもどるが、三年生の山田先生が、三学期の終わりに、たなのところにもたれて、しくしく泣いていた。なぜだろうと思って考えてみたが、四年生の事で頭がいっぱいだったので、と中でやめてしまった。僕たちと別れるのがおしかったのだろう。いつもおこられていたから、僕は正直複ざつな気持ちだった。

第一部 先生

四年生は佐藤先生で、何でもよく知っている、印象に残る先生だった。
その例を挙げると。
ある日、『万国びっくりショー』で、ゲストのビックリさんが、言葉を反対に言って録音し、逆向きで再生すると、ちゃんと、「日本のみなさん、こんにちは……」と、再生された。「八木次郎さん」が見物者達から代表を連れてきて、「寿司」の反対の「シス」とテープにふきこんだ。逆向きに再生するとテープは、「ウシッス」と言った。「スシ」にならない。なぜちがうのか。

それを、佐藤先生が、翌日名解答した。

先生は、

「昨日の『万国びっくりショー』で、あの見物者の代表の人がテープに「シス」って録音したでしょう。あれは間ちがい。もし『寿司』って言ってもらいたかったら、『イスッス』と言うんだね。どうしてかと言うと、ローマ字でSUSIと書いて、それを反対に読んでごらん『いっすす』になるね。『ISUS』と録音して、逆に再生すると『SUSI』になる」と言った。

僕はなるほどと思った。それじゃぁあのおばさんは（その反対から読んだのは、おばさんだった）ローマ字の得意な人だったんだなとわかった。

もう一つ佐藤先生の話で、覚えているのは、「えん筆を出してください」から始まる話。「みなさんは、みなさんが筆箱に持っているこの一本のえん筆が、どのような工程で作られ、どのような工程で運ばれ、今、みなさんの手元にあるのか、想像してみたことがありますか」と、言うやつ。

わかるはん囲で書きだしてみようと、いうので、木を切って、なまりを取って……と書きだした。

でも書き出してみて、自分はえん筆のできる過程には興味がないことが分かった。でももっと興味の持てることなら、調べてみようと思った。例えば映画がどうして映せるのか、とか、着付けのこつ、ヤドカリは何びき海にいるか……。

だけどそういうことに関心を持たせてくれたので、この先生には感謝している。

第二部　墓参り

夏休みの七月二十一日、母の父の実家に行った。行きは、新幹線のこだまで行った。行ったのは、僕と聡とおじいちゃんと、さとみ姉ちゃん、おじさん、その子のよしおくん。さとみ姉ちゃんは、母のお姉さん。弟のさとしとは、一字ちがいのひと。

さて、なぜこだまで行ったかというと、ひかりではお金がたかくつくから。それにひかりがとまらない駅でおりるから。

新幹線に乗るのは、初めて。こだまは一秒間に三百六十メートル、光は一秒間に三十万キロ。この差があるのに、こだまは思ったよりはやかった。名古屋から大高の僕の家の上を通るまで（僕の家のとなりには、新幹線が走っている）約五分。並行して走る国鉄の各駅停車なら二十分はかかるところ。山の上の三菱《みつびし》の社宅のアパートを見て、大高だと分かった。聡とよしおくんに、

「おい大高だぞ」と言うと、

「ほんと、ほんと」と見ようとしたが、探しているうちに、とおりすぎた。

　さて、僕たちはしばらく行くと、だんだんだれてきた。そこで、教育熱心なおじいちゃんが、マンガをくれた。それは成人向けのマンガであった。従兄のよしおくんなんかは、通路をへだてたとなりには、他のお客さんがたくさんいると言うのに、

「やあ、これ見て、とろい（エッチだ）！」と大きな声でどなるので、みんながこっちをジロッと見る。僕たちは赤くなってしまった。

　後ろの席のさとみ姉ちゃんが、

「トイレ行かない」と、やってきた。僕もちょうどこらえていた時だったので、付き合った。おねえちゃんより早く用を済ませると、すぐとなりに、お水の自動はん売機をみつけた。紙コップをじゃ口の下に置くと、自然と水が出てくるやつだと覚えている。

出入り口の所には、大きな紙クズかごがある。僕はその紙コップを、ホームに止まった時に席を立って捨てに行った。もどってくると、ちょうど戸がしまって、二、三人乗ってきた。それに混じって、僕が入ってきたので、おじいちゃんは、てっきり僕が一辺ホームに降りて、また乗ったのかと思ったらしく、

「おい真、あんなことしたら、危ないじゃないか」としかられた。

僕は、ただゴミを捨てに行っただけなのに、どうしてかな？　と思ったら、それを見ていた聡が、

「おじいちゃん！　まこちゃんは、すぐそこへゴミを捨てに行っただけだよ」

と言った。おじいちゃんはちょっとばかりはずかしそうに、

「あはん、それならいいが……」と言った。

かんちがいする方が悪いのか、かんちがいさせた方が悪いのか。

そんなわけでやっと、小山（僕たちの目的地は、静岡県の小山と言う町だ）へのディーゼルが走っている小田原に着いた。案外大きな町だ。そこから、小山行きのディーゼルに乗った。あまり道は険しくない。

このおじいちゃんの実家は、昔はものすごく大きな農家で、自分の家の庭にお墓があるぐらいだった。しかし、おじいちゃんのお父さんはすごく大酒ぐらいで、家も土

地も山もみんな売ってしまった。

それを見かねて、おじいちゃんは、

「お父さん、もういい加減にやめなさい」とお父さんを説得しようとするのだが、その度にお父さんは、

「お前なんかだまっとれ、こんなやつ殺してやる」

とばかりにりょう銃を持ち出してくるのだった。その都度おじいちゃんは、馬小屋などでねたのだそうだ。と、母は話している。

今ではその家は、大きくはないけれど一般の家で、家の裏には富士山の雪がとけて流れてくるという冷たい水が流れている。

やっと小山駅に着いた。

駅前のバス停留所でバスを待った。五分ぐらいできた。丁度みんなイスに座れた。だんだん町の中に入ってきた。後ろには、高い山がそびえ立っている。すぐ降りた。ふちのドブでも水がすみ切っていた。

釣り橋をわたる。ぐらぐらゆれるのに、おじいちゃんたちは何の苦にもせずにわたった。

ほ装してある坂道にかかった。そこには道にあふれるほど水がまいてあった。近所

には魚屋と八百屋がある。

わき道に入った。目の前に家があった。

目的の家に入ると、クツが、乱れてたくさんある。

ここへ来た理由は、さっきの大酒ぐらいのおじいちゃんの命日だから。実はこのひいおじいちゃんは、どういう訳か、名古屋のおじいちゃんの家で亡くなっていた。なぜお墓のある小山で死ななかったのか、なぜ暴力から逃げて行った息子の家で死んだのか、子どもの僕にはナゾのまま。

ともかく僕たちは、そこのおばさんに、大歓迎された。みんなはごちそうを食べている。僕たちもさっそくありついた。

そのうちに夜になった。そこの家には、若いお兄さんが二人いた。二人とも礼ぎ正しかった。

下のお兄さんが、花火を買って来た。下のお兄さんが花火を買ってくる間に上のお兄さんは、クイズを出してくれた。上のお兄さんは難しいクイズを出すのでちんぷんかんぷん。下のお兄さんのやってくれた花火は、とてもめずらしいきれいな花火であった。

そのうちに九時ごろになった。晩ご飯も食べた。風呂にも行った。もうとこに入っている。部屋を暗くした。下のお兄さんがいない。しばらくすると、ホタルを二ひき取ってきた。僕はホタルの本物を見るのは初めてなので、とこの中でじっとホタルを見ていた。部屋の中に、放し飼いにしてあるので、時々見えなくなった。

朝、目を覚ますと、雨が降っているように、ザーザーと音がしていたが、へっちゃらに窓を開けていた。よく見ると、家の裏に流れている小川の音だった。その小川は、家の裏から、台所の下を通って、道に沿って流れている。シャツのままでうらの小川に行くと、おじいちゃんがその川の水で顔を洗っていた。それぐらいきれいな水である。

僕も顔を洗って、足を水の中につっこんだら、一分と入っておれなかった。おじいちゃんは、

「お前らが早く起きないので、ここに泳いでいるコイが逃げちゃったじゃないか。ハハハハハ」と僕たちを、早く起こそうとふざけていた。

朝ご飯を食べ終えたら、上のお兄さんが山に連れて行ってくれた。

そこは山の中なので、たくさんのカブトムシや、クワガタがいるそうだ。さっそく僕たちは連れて行ってもらった。

急な坂道をえっちらおっちら登っていった。木が道にかぶさってうす暗かった。

やっと頂上に着いた。そこは畑であった。モグラの穴が点々とあった。踏むと、すぐつぶれてしまった。

そこから見ると、どこかのダムの水路管が見えて、山の景色が素晴らしかった。帰りは別の道を通ってきた。やっぱり「いき」の時みたいな木がかぶさっているところだ。そこで、お兄さんがカブトムシ（オスいっぴき）と、クワガタを二ひきも取ってきてくれた。ここら辺ではザラだそうだ。しばらく行くと、少しほ装されている道に入った。するとそこには、牛のフンがポツポツと落ちていた。とてもくさくて、ハエがぶんぶん飛んでいた。

家に帰るとお兄さんが、クワガタのケンカのさせ方を教えてくれた。その方法と言うのは、クワガタを両方ともゆかに足をこすらせて、おこった二ひきをかぶせてやって、ケンカさせるのだが、あんまり合わせると、いくらおこらせてもおこらなくなる。

僕は、クワガタを別々のマッチ箱に入れて、ゴロンとしていた。すずみたくなって、小川に入りに行った。

すると小川をと中で止めて、スイカがうかばせてあった。これなら冷蔵庫がいらないだろう。

今度は外に出て、外の小川を見ていた。そのうちに木を探してきてうかばしたらものすごい勢いで流れて行ったので、次から次へと石やレンガを流した。そのうち聡もよしおくんも加わって、遊んでいた。そのうちに夕方になった。家の中に入って、テレビを見せてと、お兄さんにたのんだら、『コンバット』を六時からやっていた。ここら辺は東京のテレビの電波が流れているとの事だ。

その日は早くねた。

朝、目が覚めたら、聡が僕を起こしていた。よしおくんとおじいちゃんは、もう富士山を見に行ったらしい。僕もちゃっと起きて聡に連れられて行った。

おじいちゃんたちは、用水路の近くにいて、富士山をながめていた。僕は初めて、こんな大きな富士山を見たので、うれしかったが、山の頂上には雪が積もっていなかったので、感動が少なかった。

そこの富士山がよく見えるところで記念写真をとった。

昼ごろ、そこの家の人たちと全員で、ひいおじいちゃんの墓参りに行った。その人のお墓は、山のてっぺんにある。行く道のと中には水車小屋がある。一年前までは水車がついた、ちゃんとした水車小屋だったが、今は水車が外れて、水の中に落ちている。そこは無人小屋らしい。

やっと山のふもとまで着いた。かなり低い山なので楽に登れそうだ。山の周りには小川が流れ、その小川には丸太が三本つないでしばっただけでわたしてあったが、川はばは、一メートル五十センチぐらいなので心配はない。

山に登り終えると、上はながめが良く、お墓は五、六個建っている。きっとこの家の先祖からの墓だろう。

お墓のある所だけ、きれいに砂がまいてあり、木もすっかり坊主になっていた。僕が全部の墓にお参りして、すみ切った空をながめていたら、となりの山から、

ホーホケキョ、ホーホケキョ

とウグイスが鳴いた。次は、

カアー、カアー

と、カラスが鳴く。カラスとウグイス……。どういう関係があるんだろう。

元来た道をもどって、すぐ荷物をまとめて、小山の駅に向かった。

小山の駅からは、電車に乗りついで箱根に行った（小田原、湯本経由で箱根登山鉄道に乗ったのだわ、と父が言う）。箱根へは単線で登った。前進したり後退したりして、ジグザグに登っていった。電車の中は、あまり混ざつしていなかった。少し上ると、眼下に山と山の間のものすごい谷が広がった。

おそろしいぐらい高いところだ。この上に町があるとは思えない。それにしても良いながめだ。止まったり進んだり。そのくり返し。時々トンネルがある。全部で十三個あった（確かそうだったと思ったが）。

そのうち駅が見えてきた。終点なのでイスは全部空になった。

どういう駅の名か忘れてしまった（ごうらじゃないか、と父が言う）。どこの旅館にとまろうかと迷っていたら、客引きがやってきて、

「当店にどうぞ」

と、やってきた。おじいちゃんたちは、いろいろなことをその人に聞いていた。

まぁいろいろな結果、その宿にとまることにした。その旅館は、あまり気持ちの良いところではなかった。何故かと言うと、遊ぶゲームが一つもなかったから。

着いてすぐ、食事を取った。大きな皿に少しのおかず。これが宿の常識なんだろうか。

食べ終えて、全員で風呂に行く。大きな丸い風呂で、真ん中に太いタイルの柱がある。おじいちゃんが、

「犬かきやってやるわ」と言って、うまいこと犬かきをやった。

よく見てみたらおじいちゃんは、手を底につけて、足をパチャパチャやって、手で

歩いていた。

「それなら、僕も」と言って僕も真似をした。風呂から出ると、もうとこがしいてある。修学旅行の時みたいなせんべい布団ではない。ふんわかした布団だった。

さてもう外は真っ暗。町の明かりがきれいだった。今ごろになってもまだ、電車は行き来している。もう十一時だ。

朝、起きてすぐ食事をとった。こういうところは朝の十時までに出て行かないと二日分の宿賃をはらわされる。

僕たちは小雨の降る中を、旅館の上の公園みたいなところに行ったら、つまらないので、すぐもどってきて、電車に乗った。そのまま小田原に行って、帰りはふつうの特急で帰ってきた。窓から外をながめて、電信柱の数を数えたり、新幹線の線路を探したり、駅弁を食べたりした。

そのうち刈谷を過ぎて大高に来たけれど特急なので、止まらなかった。父と母は見ていたと言う。

その夜、父母にいろいろと旅の話を言って聞かせた。お墓の事や、鳥の事や、ユリの事。おっと一つ書くことを忘れていた。それはユリの花のことだ。そんなにロマンチックなことではなくて痛いことだ。

二日目の墓からの帰り、上のお兄さんがユリの花を一本持ってきた。

おじいちゃんは、その花がきれいなのでその花をもう二、三本とってきてくれとたのんだ。僕たちは、お兄さんについていった。その花のあるところは、バラやササでいっぱい。半ズボンの僕たちは、と中まで行って立ち往生。足が痛くて、痛くて、たまらないからだ。

僕たちは仕方なく、そのまま今来た道を帰ったが、何せ、四方八方トゲだらけ。帰る時も容易ではなかったと言う話。

第三部　伊吹山《いぶきやま》・鳳来寺山《ほうらいじさん》・東尋坊《とうじんぼう》

八月の十四日、家の家族五人とおじさんの（といっても、昭和四十五年現在まだ二十代）利夫兄さんとで、養老の滝、伊吹山《いぶきやま》へのドライブ。

養老へは、国道一号線。弁当やおやつを食べながら、でも運転の父は、自由はきかない。と、いっても助手席の人からは配給がもらえる。

養老の滝は、昔親孝行な青年が、父に酒を買って来いって言われたが、金がないので、養老の滝の水をヒョウタンに入れたら、お酒になったと言う伝説があると言っている間に養老に着いた。

さて、養老に着いたといっても滝のある山のふもとに着いた。しかしあまり高い山ではないので安心だ。急な坂道に差しかかった。エンジンの小さい、小型の車が、僕たちの車の前で坂を登れなくて困っていた。

父はその車をおしてやろうとしたが、ルーチェは前が出っ張っているので、おしてやると、バンパーを折り曲げてしまうからやめた。

駐車場は全部満員。所々あいているだけだ。ここもノータイム三百円。

車を降りて二十分約一キロの坂道を登り続けた。ここはあまり急ではない。

川を挟んで両側に道がある。川には大きな石がごろごろしている。登るにつれてだんだん大きくなってきた。川の広さは、五メートルぐらい。水の深さは二十センチぐらい。いよいよ滝の音が聞こえてきた。

ドバドバと、勇ましかった。

ついに滝が見えた。水しぶきが散っている。

しかしこの滝には滝つぼが不思議なことに全然ない。といっても、僕のひざぐらいまで。

何しろそこの下で、よっぱらった中年がパンツいっちょうで三人ぐらい滝にあたっていた。僕が水に入っているところを、カメラに収めてもらった。

今度は伊吹山《いぶきやま》。その日ついでに行く。

伊吹山《いぶきやま》のふもとからハイウェイがある。小型は百五十円。

またそのハイウェイと言うのは素晴らしくて、きれいなアスファルト。そればかりではない。

さていよいよ、山に登る。昔は歩いて登ったそうだ。山をぐるぐる回りながら登る。少しハンドルを切り損ねると落ちそうである。五分ぐらい行くと切り立った絶ぺきが見えた。眼下に琵琶湖《びわこ》。目のすぐ下には絶ぺき。琵琶湖《びわこ》が海に見えた。ものすごいスリルとサスペンス。字には書けないぐらいものすごい。

そんな事のくり返し。

十五分ぐらいで頂上に着いた。

そこは雲の煙でもうもうとして、たくさんの人がいた。車を無料駐車場に止めて、釣りの時に持っていって魚を入れてくる箱を持って出かけた。その中にアイスノンが入れてあって、その中にプリンが入ってる。山道は、水でグシャグシャ。下から水の霧みたいなものが降ってきた。きっと雨だろう。

ツルツルすべる岩。ドロドロな道。とても歩きにくい。それに霧がものすごく張りつめていて、二十メートルぐらい前までしか、見極めることができない。僕と聡が先頭。光がその次。その後からお兄さんと父と母だ。

光がすべって泣いた。弁慶の泣き所を打ったらしい。

周りはめずらしい高山植物でいっぱいだ。高山植物の間をくねくねと曲がって通って行った。

やっとちょっとした広いジャリの広場に出た。観測所がある。人物の石像が立っていたのでそこへ石を乗せた。

みんな集まったところで店開き。

アイスノンが入っているので、全部冷たいものばかりだ。こんな寒いのにと思いながら冷たいプリンを食べた。

すぐ出発。元来た道と逆の方向へ向かう。

ここもまた高山植物におおわれているが、少しずつハゲになってくる。

しばらく行くと、急な百メートルぐらいの坂道になった。すると、聡と光が、思いっきり走っていたので、僕もとばかり走っていくと、と中で急に直角に道が曲がっていた。

僕はスピードがついているし、下がぬるぬるなので止まるに止まれず、もう少しで草むらに飛びこむところだった。

　聡はそれをみていて、

「馬鹿だな、兄ちゃんは……」

と馬鹿にされてしまった。

　まぁそんなところで、もとの駐車場にもどった。

　そこには、うどん屋とモーテルなどがあった。うどん屋のとなりで、大きな丸太を燃やしてどんど（たき火）をたいていた。夏だと言うのにと思う人もいるだろうけど、ここは冬のように寒くなっている、から仕方ない。

　たき火に当たっていると、うどんのいいにおいがただよってきた。僕は父に、おねだりして、といっても、父も食べたそうだったのですぐ賛成してくれたが……。

　そこのうどん屋は満員だった。だから、立って食べることにした。なかなか出来上がってこない。じゅう分待ってつばきがよく出たころにやってきた。

　ちんちんの（すごく熱い）アルミの器。これじゃ中身が食べれるはずがないと思っていたのだけれども、うえている僕たちは構わずペロリ。

　すぐに父は車に向かった。エンジンを暖めにいったのだ。僕たちは、母が買ってくれた「みたらし」を食べていた。父にも一本分けてやった。

山を下るとすぐ、小牧の空港に直進。これといった目的は無いのだけれど、ただなんとなく「のほほーーん」と。

さて、わすれずにWCによって、空港にはいった。

東京国際空港みたいに外国人が、他のお客さんがいないから、トレパンであるいていた。男連中は全員トレパンだった。

飛行機のプラットホームからながめたら、ジェット機がものすごい勢いでつっこんできた。かっ走路のはしスレスレのところでやっと止まった。

それから食堂に入る。食堂ではカレーライスを食べた。

＊

伊吹山の妹、弟、兄

八月十五日、鳳来寺山《ほうらいじさん》に行く。二日続きのドライブ。昨日と同じメンバーだ。

せっかくの連休。どこかへ行かなければもったいない。しかし行くところがない。そりゃあ、行こうと思えば九州でも北海道でもアメリカでもいけるが、僕たちは、構わないけど、父母、お兄さんは明日、仕事がある。

そんなことをしているうちに、僕の父の母、つまり、僕のおばあちゃんが、

「鳳来寺《ほうらいじ》と言う山が、仏法僧《ぶっぽうそう》が鳴いて、いいそうだよ」と、知恵を入れてくれた。僕たちはさっそく地図で位置を調べて、レッツらごー。

鳳来寺山《ほうらいじさん》は、愛知県のはしっこにあって、六百八十四メートルの山だと地図にあった。

国道一号線を走って、三十分。ちょうど通勤ラッシュにぶつかった。と中から山道に入る。最初のうちはアスファルト。だんだん田舎の道に入っていた。

そのうち小さい山に囲まれた町に出た。鳳来町《ほうらいちょう》だ。そこから鳳来寺山《ほうらいじさん》に登る。車をモーテルみたいな所の横の広いところにおいて、山を登り始めた。

お兄さんの話によると、百数十段で頂上につくとのこと。

杉の林に囲まれていて、人も僕たちだけぐらいだけど、ある一人のおじさんに出会って、いっしょに階段の数を数えて行った。

と中で二人のを照らし合わせてみると、おじさんがちょうど千段の時に、僕たちはおじさんで言うと、千四段のところにいた。二人ともそのまま続けた。しばらくすると、林がと中からと切れていて、小さなお寺があった。お寺といっても小さい休けい場所のようなところであった。

ついでだから止まって休んで行った。

そこは学生たちがとまって、仏法僧《ぶっぽうそう》の声を聞いていくのだそうだ。料金は一人八百円。子どもも変わらない。

僕たちは、そこでラムネを飲んで、そこのおばあさんと話をして、持ってきたおにぎりを食べた。またたく間になくなった。なんてったってこっちには、聡がいるもの。

十分ぐらいのち出発した。またあの長い階段。僕も父もこのぐらい長い階段なら、上にはとても大きな良いものがあるだろうと期待をしていた。千四百二十八段。やっと頂上に着いたらびっくり。そこには、小さなお寺が一けんぽつんと立っているだけ。千四百二十八段も登ってきたのに……。

ともかく、そこで一服した。記念写真もとった。

また今来た階段を下っていった。もううす暗くなっていた。

階段ののぼり始めのところで、この山の説明を見ると、階段の段数は千四百二十四段と書いてあった。僕たちの数えた千四百二十八段と四段ちがいで、少し多かった。と言う事は四段下のあのおじさんのところが、本当の千段だったのだろう。

それに、お兄さんが、百数十段なんてデマを飛ばした。後でお兄さんをからかってやったが、本当はその十数倍にもなっている。

さて帰りだが、この近くの町の、僕の家に昔見習いに来ていためぐみちゃんと言う人の家に行くことにした。その人は、もう結婚して相手の男の人の家で働いているそうだ。その男の人も美容師だ。

そこへ行くにはどうしても、山を一つこえなければならない。険しいとうげだ。あまり人通りが少ないのでジャリ道。

とうげに入る。上も下も杉と松みたいな木、暗い所から、ヒュードロドロドロと、お化けでも出そうで

鳳来寺山の父娘

あった。

やっと町の中に入ると、さっぱりどこの家だかわからない。確かにこの町なのだが。仕方がないので、通りがかりのおばさんに聞いてみると、

「ああ、名古屋の大高から来たという人でしょう。その人なら、すぐそこの家ですよ」

かなり有名な店らしい。

その店は、カキの木があって僕らの家ぐらいの大きさであった。僕たちが行くと二人のお客さんがいた。

＊

八月×日、何日かは覚えていないが、福井県の東尋坊《とうじんぼう》に行く。うちの親せき全員と言ってもいいほどの人たちが行った。国道一号線で米原まで行き、そこから国道八号線沿いに琵琶湖《びわこ》のわきを通って行った。琵琶湖《びわこ》は初めて見る人が多かった。琵琶湖《びわこ》を過ぎるとだんだん山が多くなり、トンネルが出てきた。

トンネルから出ると目の前に、日本海が広がった。太平洋より波があらいが水はきれいだった。

やっと東尋坊《とうじんぼう》に着く。大勢の人だかりだ。駐車場に親せきの車三台を止めて、歩いて行った。大高の銀座通りの道はばぐらいで、家の数は二倍ぐらいの通りを、迷子にならないように父に手をつないでもらって、海岸に急いだ。

海岸に着くとそこは、岩でできた山のようなもので、海岸と言うよりは、絶ぺきといった方が良い。

昔はこの岩は、とがっていて、危なくて近寄れなかったのだそうだ。

利夫兄さんの話は、面白い。利夫兄さんは一辺ここへ来たことがあって、ここへ来て海を見ていると、あまさん達が、はだかで泳いでいた。お兄さんたちは、一生けん命見ていたら、おまわりさんに注意されてしまったのだそうだ。

まず、そこで弁当を開くと、みんなが持ってきているので、食べ切れないぐらいたくさんになってしまった。

聡が精いっぱい働いても食べ切れないときている。仕方がないので半分ぐらい残しておいた。

さて、遠くへ来てしまった。それに、今から帰らないと家に着くのが真夜中になってしまう。だからみんなそそくさと荷をまとめて車に向かった。

全員車に乗ってまとまって出発した。後ろの車が信号で止まれば、前の二台は止まって待っている。といったようにして、おたがい助け合って走っていったら、どういうわけか、僕が乗っていて、父が運転する車だけ、道に迷ってしまって、福井の町の福井の駅の前まで来てしまったが、そのおかげで、福井の駅が見えた。やっと国道に出て急いで走っていくと、前の車はと中で待っていてくれた。

第四部　ひろこちゃんの交通事故

この年の九月、うちに見習いに来ているまりちゃん、ひろこちゃんの、ひろこちゃんが、角屋《かどや》の前で交通事故にあった。と言うのは……。

ある日、母は、杉本さんの家に卵を買いにいきたかった。しかし自分はお客さんで手がはなせなかったので、ひろこちゃんに買ってきて、とお金をわたした。そのころ僕は塾に行っていた。

ひろこちゃんは杉本さんからの帰り、いつもなら道をななめに横断するところだが、無意識のうちに、横断歩道をわたったら、横から三河ナンバーの車がぶつかってきて、ひろこちゃんはそのままうつぶせにたおれて、出っ歯の前歯を折ってしまった。三河ナンバーの人は、眼鏡をかけていて、ひろこちゃんを中江外科に連れて行った。

それを見ていたうちの材料屋さんが家に来て、

「お宅のおじょうちゃんが、はねられたよ」

とあわてて入ってきた。おばあちゃんたちは二階にいるお母ちゃんに、

「そこに光ちゃんいる」と聞いた。母は、

「いるよ、どうしたの」とたずねた。

そして交通事故にひろこちゃんがあったことを知り、名鉄バスの運ちゃんに、

「こういうような白いのをその子着ていた」と聞くと、

「あーそうだったよ」と言った。母は、さっそく、中江外科に直行した。

僕は、母が名鉄のバスに行くところらへんから、新幹線のガード下から見ていた。

僕は何があったのかと、家に帰って聞いてみたら、ひろこちゃんが交通事故だと聞いて、聡と光と一生けん命に走って、中江外科まで、見に行った。

そこには、もう母が来ていて、心配そうに見ていた。こういう時の二十分と言うものは、ものすごく長く感じられる。

しばらくして医者が、ひろこちゃんを連れてきた。母は容体はと聞いた。すると医者は、

「うちでは、ようやらん（できそうにない）から市立名大へ、しょうかいしてあげる

で、明日そこへ、行きなさい」としょうかい状を書いてくれた。

父は警察を呼んできて、すぐにもどってきたが、なかなか警察が来なかった。やっときたら、すぐ取り調べにかかった。

まぁ、ひろこちゃんには、罪は無い。横断歩道をわたっているから。

七時ごろだっただろう。現場に行って色々と調べていた。お巡りさんと三河の人との話を書いてみよう。

「あー、君の住所は」

「○○市○○町○○」

「お父さんの名前は」

「○×△□」

「では、家の人にこのことを知らせたかね」

「えっ！　え、え、ま、まだ」

「まだ！　なぜだね」

「家の人が心配するから」

「家の人が心配する！　あの子を見りゃぁ、九州から来ているんだよ、どっちが心配するのだね」

「……」

と一方的におまわりさん。学校の先生に生徒がしかられている感じだ。

次は道路で、タイヤのあと等の取り調べ。ひろこちゃんは家でねているので三河の人の話によってすすめられた。

話を聞いていると、三河の人のよそ見運転らしい。こうなると完全に向こうが悪く、入院代も治りょう費も全部向こう持ち。

おまわりさん達が二、三人で、タイヤのあとを調べていた。横断歩道には、卵のカラが散らばっていた。

横断歩道に立って見ていると、車が名古屋の方面からやってきた。僕はひらりとよけたら、その車がふつうなら、そのままつっ走って行くところだが、お巡りさんが二人も三人もいるので、ていねいに一時停止をしていったので、おかしくなった。

センターラインの白さが、ライトに光ってきれいであった。

それから最後に、ぶつけた運ちゃんがぶつけた車のぶつけた所を指で差しているところを、お巡りさんが写真に写していた。車の種類は確かサニーのライトバン。ぶつけた所は、左のヘッドライト、だそうだ。

そんなことを言っている間に十一時になったので家に帰った。

ここの交差点は良く交通事故があって、おばさんが死んだ事故も目げきした。たおれて頭から血を出していた。救急車が来たが、死亡が確認されたからか、乗せて行かなかった。

この交差点では、僕の幼ち園の同級生と小学校の同級生も、死んでいる。駅前の交差点で信号がなく、少し先がつき当りの信号のある交差点になっているので、そこを目指して車がスピードを出し、この信号のない交差点を勢いよく通過しようとするからではないかと思う。

翌日、ひろこちゃんは名古屋市立大学の病院に行った。僕たちは学校から帰って、父が帰ってくるとすぐ、

「ねぇ、病院に連れてって」

とたのんだ。父はすぐ言うことを聞いてくれて、名古屋市立大学病院に急ぐ。

病院は、シーンと静まりかえっていて、気持ち悪い。夜なので、裏口から受付を通って無人エレベーターに乗った。そこでエレベーターのあつかい方を覚えた。

お姉ちゃんがねている部屋は、三階の三百確か十一号室ぐらいだったと思う。暗くてつるつるしているろう下。ひろこちゃんの部屋は大部屋で、ひろこちゃんを入れて六人から七人の女の人ばかりの部屋で、まりちゃんがいっしょに付きそってい

る。

僕たちは、ひろこちゃんを見て、すぐ帰った。

さてひろこちゃんも、だいぶ良くなり、もう歩けるころの日曜日の日、病院にお見まい、けん、遊びに行った。

朝十時ごろ父に連れて行ってもらって、病院で一日中遊んだ。

ひろこちゃんが僕をしょうかいしてくれた。僕と聡は赤くなった。二十二から三の女の人二人がひろこちゃんの前に。ひろこちゃんのとなりととなりは、おばさん二人だ。みんな親切にしてくれて、お菓子をたくさんくれた。

僕と聡は部屋を出て、ろう下をぶらぶらと歩いていた。と中で赤ちゃんがウェーンと泣いた。それに皿がガチャーンと割れた。なんてさわがしいのだろう。

エレベーターの所へ来ると、白衣のおばさんが一人だけ降りて、エレベーターは空っぽになった。それを見て僕たちはエレベーターにさっそく乗りこんだ。すると聡が、

「向こうにもエレベーターがあるだろ。だからそのエレベーターにだれかが乗って、鬼ごっこしよまい」

と言い出した。

僕は二階で降りて、向こう側のエレベーターに乗って、鬼ごっこを始めた。僕が鬼だ。何しろ五階建ての病院だ。どこにかくれているかさっぱりわからない。

僕は一応一階まで降りて行って、今度はちがうエレベーターで三階まで来ると、降りたところがどこか全然わからない。あちらこちらへウロウロしている間に、やっとわかってきた。と言うのは、エレベーターがあるところは、四本のろう下が四角くエレベーターが集まっているところにつながっていて、僕は、本当は、向こう側のろう下の部屋に行きたいが、それと反対のろう下をさまよっていたのだ。何といっても頭脳の勝利だ。

やっとの思いで、ひろこちゃんの病室にもどると、いいにおいがただよっていた。お昼になったのだ。ちょうどその病室のとなりが調理室だったので、のぞいたら、「きてはダメですよ」と、中年の看護婦さんが言った。僕は仕方がなく、部屋にもどると、いつの間にか聡がみんなと話をしていた。僕も仲間に入れてもらってペチャクチャ、ペチャクチャと話した。

するとさっきの中年の看護婦さんが「前川ひろこさん」とおかゆを持ってきた。ひろこちゃんは、出っ歯を折ったので、前の三本がぬいてあって、固いものはおく歯だけでかまなければならない。

それに毎日、ねていると、口がまずくなって食欲も減るので、半分以上残した。僕たちも腹が減っていたので、いっしょに一階の食堂へカレーライスを食べに行った。ついでに「ガロ」と言うマンガを買ってもらって部屋にもどった。

「どう、おいしかった」と一番向こう側のお姉ちゃんが聡にたずねたので、僕が、

「うん、だけど、ちょっとからみが足りないみたい」と答えた。

　そのうち、ひろこちゃんのとなりのおばさんが、

「食後の運動として、となりの、病棟《とう》の屋上まで行ってこない」と言ったので、ご希望に応えて、ろう下のはしにある階段をエッチラ、エッチラと登って行った。大高の駅の階段の往復より、連続に登るせいか、ものすごくつかれる。やっと屋上に着いたと思ったら、それは自分たちの病棟《とう》で、目的の病棟《とう》は目の前だった。ここから飛び移りたいところだ。

　ここから見ると、よく病棟《とう》の形がわかる。この病院の病棟《とう》は、H型になっていて、二つの病棟《とう》でできている。向こうの病棟《とう》には、洗たく物がたくさん干してあった。

　また僕たちは、エッチラ、エッチラ階段を降り、ひろこちゃんたちの前をかけ足で通り、その足で、Hの横棒の部分を通って、また、ろう下の一番はしの階段をエッチラ、オッチラ登っていった。階段は赤いジュウタンのようなものがしいてあって、非

常に登りやすかった。

やっと屋上につくと、ひろこちゃんたちの病室を探した。うっかりとなりの病棟《とう》ばかり見ていると、洗たく物で、顔を洗ってしまう。やっと見つかった。六人が窓辺に顔をよせ手をふっている。おばさんがなにやら話しているようである。どうやら口から見ると、テレビ塔は見えるのかと言っているらしい。聡といっしょに探すと、えーとえーと、確か、東に見えたと思う。はっきり覚えていない。僕たちはまた階段をエッチラオッチラ降りてきて、部屋にもどり、そのことを話し終わると、お姉ちゃんの布団の上に「名古屋市立大学病院」とハンのおしてあるマンガの本が置いてあった。

僕は、

「あれ、ここにも図書館があるの！」

と、全員にたずねると、一番向こうのおばあさんが、

「むこうの病棟《とう》の一番上の階にあるそうだよ」と言ったので、ものは試しと、聡といっしょに、エレベーターで行った。屋上にはエレベーターが行っていなかった。

いっしょに乗ったおばあさんが、

「坊や、どこへ行くの」とたずねたので、

「へへ、ちょっといいところ」と言おうとしたら、もう五階。またまた厳しいぐらい

走りまわった結果、やっとあったが、そこのドアにはカギがかかっている。

カギ穴からのぞいても、さっぱりわからない。僕たちは、なぁんだ、と思ってエレベーターに乗って、一気に一階に下った。

するとロビーにねまき着を着た男の人がテレビを見ていた。番組はマンガだった。

僕はそのマンガを聡とみて、また三階に登った。

僕は、そのことをみんなに話すと、みんな残念そうであった。もし開いていたら、好きなマンガをとってきてもらおうと思っていたんだろう。

それに、テレビのことも話してあげた。そんなことをして、のんべんだらりとマンガを読んでいたら、僕の父がひょっこり顔を出した。帰る時間になった。僕はみんなに大きな声で、

「さよなら」と言うと聡も、

「さよなら」と言った。みんなも、

「はいさようなら、またきてね」

と言った。聡と父はエレベーターで降りて行ったので、僕は階段で行って競走したら、やっぱりエレベーターの方が早く着いた。僕たちは堂々と、正面出入り口から出た。

車に乗ると父は、

「どうだ、あのお姉ちゃんたちのじゃまして、ねむれなくしたんとちがうか」

と、思ったより疑い深い言葉。僕は自信を持って、

「そんな事はないよ。かえって喜ばれたぐらいだよ」と言うと、父は、

「そうかそれならよかった」と運転しながら言った。

だいぶ経ってひろこちゃんは退院した。もう店で働けるが、歯が入れていないので、かっこ悪くて、お店に出れなかったが、運がいいことに、そのころは、冬でカゼがはやっていた。だから、わざと大きなマスクをしてカモフラージュ。店のお客さんが、

「どうしたんだね。そんなに大きなマスクしてカゼでも引いたのかね」

とたずねたので、ひろこちゃんは、

「はい、ちょっと、昨日から、こじらせて」と答えた。すると、

「あら、そういえば、あなた、こないだ来た時もいなかったわね」といじめている。

僕はこれは危機とばかりに、

「ひろこちゃん。ちょっと」

と、とびらのかげから用もないのに呼ぶ。ひろこちゃんは素直にこっちへ来て、マスクをとって、「ありがとう」とニコニコしていた。

ひろこちゃんは、僕の母がその意地悪な客の頭をやりに出た時、すたすたと出て

行って、もとの母のやっていたお客に当たった。

お客さんの知らないうちに、母とひろこちゃんが入れかわった。まるで「スパイ大作戦」みたい。かっこいい！「スパイ大作戦」で思い出した。

＊

四年生のある火曜日。六時限で僕と聡は帰ってきたが、火曜日は美容院が休みなので、家にはだれもいない。聡は、便所に行きたいとあせっている。どこから呼んでも返事がないし、戸がびっしりしまっている。光は、カバンを物置に置いて、友達の家に遊びに行っている。どうしよう。

僕たちは、自分の家の事だから、よく知っている。まず物置へ登る。だれも見ていない時にこっそりとやるわけだ。

物置づたいに台所の屋根に登る。そして、あみ戸に穴が開いているので、そこから手をつっこんで、カギを開けようとしたら、駅で電車から降りて、来た人々がぞろぞろっと歩いてきた。これはやばい。僕はさっと知らんふりをして窓をながめた。そして人がいなくなったことを確認して、カギを開けてクツを持って見事、せん入。そして下に行き、戸をあけると、聡がとたんに飛びこんできた。

危なく外でお漏らしをすることはさけられた。そしてこれを聡といっしょに、スパイ小作戦と名付けた。

このことを母が帰ってきてから話すと、

「あはん、ほんとかね、そりゃ、よかったけれど、人に見つかるといかんよ。もしそれが悪い人だったら、家に入られるからね」

弟の危機を救った兄は、ほめてもらえなかった。

と言うわけで、これを読んだ人の使命は、ただちにわすれることにある。成功をいのる。

第五部　安城

四年生のころ、父の友達の人が、モーテル菊屋と言うガソリンスタンドのあるモーテルを経営した。父はそこの事務をやっていた。

だから僕たちは時々、父に連れられて遊びに行った。

そのモーテルでは、僕のいとこの両親、それに若い女の人たち、それに、山岸と言う若いかっこいい九ちゃんみたいにニキビが多いお兄さんが働いている。

それがある日、いとこのお母さんが病気で、モーテルに出られなくなった。モーテルに出られなくなると、人員が足りなくなった。それに女の子が全員辞めていった。父と友達は、困ってしまって、仕方なく、夜だけ、まりちゃんとひろこちゃんに、働いてもらうことにした。ひろこちゃんが、まだ交通事故にあっていない時である。土曜日になると、決まって、そこのモーテルに遊びに行くことになっている。

モーテルにつくと、ひろこちゃん、まりちゃんが、料理を盛んに運んでいた。

僕はコカコーラを飲んで、調理室に行くと、山岸くんといとこのおじさんが、一生けん命料理を作っていた。カレーライスは、もうといてあって、一度ぐつりとにて、ご飯にかけるようにしてあった。それに大きな鉄のとびらの冷蔵庫の中には、僕の体ぐらいの肉が入っていた。

それから、僕は階段を登って事務所に行くと、父が一生けん命そろばんをはじいていた。僕はそのまま今来たところにもどっていったが、帰るには、お客さんがねているベッドの部屋の前を通らなければならない。僕は暗いろう下を、おそるおそる歩いていくと、どこからともなく声が、ウェーンと聞こえた。よく考えてみると、お客さんのね言だった。

また食堂の中に入ったら、聡といとこのけい子ちゃんと、たかしくんとか、ゲームで、点を競っていた。僕も母にお金をもらって仲間に入れてもらった。その結果が出ない間に、みんながどっかへいってしまったので、僕は畳にね転がって少しねた。起きてみるとみんな店で遊んでいた。元気なやつらだ。そのうちに母が僕たちに、「早く風呂に入って、上の事務所のとなりのベッドでねなさい」と言ったので、僕とたかしくんと聡は、風呂に向かった（けい子ちゃんと光は別）。

向こうには、僕たち専用のタオルがお客さんのとは別に取ってある。お風呂は、お水がいっぱい入っていて、ぬるかった。そこで三人とも、いっぺんに入る前に、お風呂のはみ出た水を、外へ流す穴を、ふさいでおいた。そして三人とも、いっぺんにドボンと入ると、水がザバーンとはみ出して、タイルのゆかにたまった。

僕たちは湯船から出て、二センチたまった水で泳いでいた。

今度は本当に湯を熱くして、ゆっくり入った。

出て、トレパンでいると、母がねてもいいところに連れて行ってくれた。事務所のとなりの部屋にねたが、光は二段ベッドの二階。聡は光といっしょ。僕は一階にねた。

朝起きて服を着て外に出ると、おじさんが魚釣りに連れて行ってくれた。すぐ近く、川に借りたサオを持って釣りに行った。エサはミジンコ。フナとかその他を釣りに行った。

そこの川には、周りにささが一面にはっていて、魚がたまるように前もってクイをさして、石を入れてあった。

糸を水の中にたらすと、魚が寄ってくるのが見えた。が、すぐ横を通り過ぎていってしまった。そのうちに、うきがピクッとしずんだ。エサをとられていた。

またエサをつけ直して、放りこむと、いっぺんでパクっと食いついた。また僕がさぁと引くと、今度は、十センチぐらいのフナが釣れた。これは大物とばかり、バケツの中に放りこんだ。

それからはいっぴきも釣れなかったが、みんなは大量に釣っていた。

次の土曜日、夜行くと、けい子ちゃんたちが砂の山で遊んでいた。僕もその山のてっぺんから木の棒でとうげみたいに、山の周りの道を作った。そしてトンネルをほったら、けい子ちゃんが、

「きゃーーーーー」

とものすごい声でさけんだ。トンネルをほった土の中から小さいヘビが出てきた。

僕たちは、これはいいいじめ相手とばかりに、しっぽを持ってトンネルの中に放りこんだ。そして山をくずして上から石をドスン、ドスンと落とした。どうなったかな、

とふり返ってみると、中のヘビは、にゅるっと、田んぼのほうに逃げていった（ここのモーテルは、安城の国道沿いの田んぼの中にある）。

僕たちは、このやろう、このやろう、と大きな石や小さな石をボカスカ投げたが、とうとう逃げられた。

よく日、昼ごろ、けい子ちゃん達全員で、用水路をたどって歩いて行った。最初のうちははだしで、水の中を歩いていたが、と中からヒルが出てきた。もし吸い付かれても、塩を持っていない。

そのまま歩いて行くと、四百メートルも先に、モーテルが見えるところまで来た。ここら辺は、日本のデンマークなので、かり取りのすんだ田んぼは、ものすごく広い。しばらく行くと、名鉄電車の線路があった。線路は田んぼがあるので、一メートルぐらい高くなっている。その下も、用水路が通っているので、その下にもぐっていって、電車が来るのを待っていた。なかなか来ないので、ワラの積んである家みたいなところに登ったり、飛び降りたりしていたら、電車が来た。さっと、用水路の中に入って行くと、すぐ電車が通過した。頭の上でゴトンゴトンひびいて、風がさぁと顔にかかった。スリルに満ちていた。

次の日曜日、今度は西のほうのはるか彼方、田んぼの向こうにある竹やぶに行く。

田んぼの中を通ったり、細いあぜ道をわたったりして、行くのだが、ものすごく長い道だった。

そこは、暗い竹やぶで、僕が入って竹の子を、取ろうとしたが、だんだん下がしめってきておそろしくなったので、急いで出ようとしたら、枝でズボンの横を切ってしまった。

つまらなくなったので、川の岸に行った。そこの堤防を、ぞろぞろと降りて行った。自分の背ぐらいのある草の生えているところである。そこで石を投げて遊んでいると、聡が木の箱を見つけた。

僕たちはそれを船にして、川に流して、競争させることにした。僕たちはさっそくうくものを探した。

僕はセンのしてあるビン、聡は箱そのまま、後は板っ切れだ。

いっせいに橋の上から落とした。聡がトップ。だけどその箱は、と中の岩のところにぶつかって、ひっかかってしまった。

そのあとに続いた僕たちのも、いっしょにつまってしまった。何しろ特に川はばのせまいところ、二メートルもないぐらいの川はばだった。

今度はそこで土や石や木などを放りこんでダム造りを計画した。

うまいこと作ろうと、川の中に入っても作った。鉄きれ、鉄のものなら何でも、木でも石でも、川の力で流れていく。いったんつまると面白いぐらいにつまって行って、ついに水を一時だけ止めたが、すぐ上をはみ出てしまった。

そして、石をものすごくたくさんぶっつけたら、つぶれてしまって、ついに、どこかに流されてしまってあと形もなくなった。

ある日、事務所へ聡が行ったときの話。

聡ははじめのうち、父のとなりで見ていたり、計量を図ったり、ビー玉で遊んでいた。

そこへ、父が金庫へ書類を入れに来て、空いている金庫の中にしまった。聡はいつの間にか金庫を閉めていたので、父に、「こらこら」と、しかられたが、聡は、金庫のドアのダイヤルをまわしてしまった。すると金庫の番号を知らない父が困ってしまった。

第六部　ユニチカ

四年生ももう終わり、モーテルももうやめて、まりちゃんと、ニチボー（今のユニチカ）へつくしを取りに行った。

つくしを取りに行ったといっても、まりちゃんは仕事をしに行ったついでに、つくしを取ったと言うまでだ。

その日は店が早く済んだので、さっそくつくしを取りに行った。こんな三月からもうつくしが出ているのかと思うでしょうが、ニチボーはなぜか日当たりが良く、三月末にはつくしやタンポポが青々としげっているのだ。

まりちゃんは店を閉めて、荷物をまとめてカゴを出した。

カゴの中へ帰りながらつくしを採ったが、それでそのたくさん取るコツは、木やざっ草が生えているところはさけて、スギナが生えていて、草があまり生えていないところを選ぶと、長いつくしが見つかる。

つくしと言うものは、保護色で色々と探しにくいものだ。

まず講堂の横の野原から、探したが、小さいのしか生えていない。

仕方がないので、道がコンクリートになる境のところに行った（このユニチカは、どこ行っても草がぼうぼうと生えている）。

ここはスギナばかり生えているのでねらったわけだ。

すると思った通り、三十センチぐらいのお化けつくしが、十本ぐらい生えていた。

お化けつくしをとると、そのうちの二本に、スギナがいっしょについてきた。

次は池の横。池と言ってもあんまり深くは無い。そこには十センチぐらいの手ごろなつくしが、取り切れないぐらい生えていたが、そのうち、厳密に検査してとると、もうカゴの半分ぐらいまで入ってしまった。あまりとるとハカマを取るのが大変だから、また今度と思い、そのまま帰った。僕は未だにあのつくしの大きさが印象に残っている。

このユニチカのことを書いておく。

ユニチカは、みんなもよく知っている通り、大きなぼうせき工場だ。小学校の前の坂を右に下っていくと、目の前に広がっている。まん中に道があって、と中に働く家族の家がある。ちょっと手前に大きな運動場。その道の向こうが工場と女工さんの宿舎と生活の場所。そこには、テニスのコートもあるし、お風呂、洗たく場、とこ屋、こう買、それにスミレ美容院の出店がある。

その出店には母か、まりちゃん、ひろこちゃんのだれかがいる。祖母はいない。うちから一キロぐらいあるので自転車で通うので。

学校が終わって、直接ユニチカに行けば、ひろこちゃんたちと遊ぶことができる(ひろこちゃんたちは仕事だが)。でも、それは通学路がちがうのでゆるされない。だからいちど自分の通学路どおり自分の家に帰ってから、またここまで来るというめんどうなことをする。

なぜユニチカ（昔はニチボー）にスミレ美容院があるのかは、工場の人にたのまれたから、というのが祖母のこたえ。

うちの店はこう買部の中にある。大きさは六畳ぐらい。鏡が二つあって、部屋の角を仕切って小さな台所が付いている。ガスコンロ、冷蔵庫、レンジ。簡単な食事ができる。待合の場所には長イスがあり、テレビが見える。ここで『オオカミ少年ケン』や『鉄腕アトム』をみる。コンロで作ってくれるインスタントラーメンがおいしい。食べたいときはまりちゃんにねだる。

聡は馬鹿だから、何を思ったのか、冷蔵庫に顔をつっこんで、氷をつくるところのまわりの金属の所をなめた。すると舌先がこおってはなせなくなった。はなそうとすると舌がちぎれる。お客さんといっしょにテレビを見ていたら、カーテンの向こうで「ウン、ウン」いう声が聞こえるので、見て見たら、聡が冷蔵庫に顔をつっこんでいる。あきれるやら、笑えるやら。

でも本人にとってはしんけんな問題。なみだを流してもがいていた。僕も助けたいが助けようがない。困っていたら、聡はツバキを舌先に集めて舌先の氷をとかして、やっと解放された。

家族の家のある側の運動場では、サッカーをする。僕も一度混ぜてもらったが、中学生もいて、すねを思いっきりけり飛ばされた。めちゃくちゃ痛かったので、一度で参加することをやめた。

幼ち園のころは風呂にも入った。母に連れられて女風呂に入った。今はもう入るとしたら男風呂だが、一度は行ってみたが、大人ばかりでおそろしいので、もう行かない。

こう買の横にとこ屋があって、僕たちはいつもここで髪を切る。うちは美容院だけれど、母は、子どもは動くのでカミソリを当てるのがこわいからと、とこ屋に行かされている。美容めん許では女性の顔にカミソリを当てないのだとか。こう買のお目当ては、ポッキーかキャラメル。

こう買のおくに便所があり、全部水洗。

洗たく場が広い。建物のおくまでずっと、洗い場が並んでいる。そこにじゃ口とおけと洗たく板がずらりと並んでいる。その外は干すところで、天気がいいとしき布や作業着が干してある。

ちょっとおくに行くと二階建ての建物があって、そこは女工さんたちの宿舎。僕たちは入れない。一度、うちの店にきた女工さんが光を連れて行ったので、光だけはどんな部屋だかを知っている。

そのまたおくに一番重要な織機工場。大きな音がして独特なにおいがする。ここも工員でないと入れない。ただ、小学校の社会見学で訪問して、僕も一度だけのぞいた。うるさくて声も聞こえず、糸のにおいは強れつで、ほこりっぽいところ。織機の横糸をとおすシャトルが、ビュンビュン飛んでいた。

構内には木がたくさん生えていて、夏はセミがすごくたくさんいる。もうとりあきたぐらい。セミはたくさんいるので木だけでなく構内の柱にも止まり、ミンミン鳴いている。しるは吸えないと思うけど。

だいたい暗くなったころに店を閉じて帰る。まりちゃんが自転車の荷台に光を乗せて、おして帰る。ハンドルには弁当箱がぶら下がっている。その後ろを僕と聡がぶらぶらとついていく感じ。

コラム

「テレビ事情」

インターネットやスマホの流行を見ていると、流行というのはほんの短い間に爆発的に人々に普及することを知る。丁度、カンブリア紀に登場した動物が爆発的に進化した様子を見ているかのようだ。同じことが私たちの子どものころにも起きていて、その典型的な例がテレビの普及ではなかろうか。私たちの親の世代は家電や車に群がり、私たちの子どもの世代はネットとスマホに群がり、私たちの世代はその両方に群がった。加えて親の目を盗んでマンガとＴＶゲームにも群がった。一体いつ勉強していたのか、記憶にない。記憶にないのも当然で、する暇がなかったのだ。

本格的なテレビ放送の開始は一九五三年（昭和二十八年）二月のＮＨＫの放送。その八月には民放が追随した。民放の戦略で街頭にテレビが置かれ、プロレス中継が放映され、人々が群がった。六年後の一九五九年（昭和三十四年）にはテレビの普及台数は二〇〇万台を超えた。私がユニチカの美容院の待合の長椅子で、女工さんたちに挟まれながら『鉄腕アトム』（一九六三年（昭和三十八年）放送開始）を見ていたころには、白黒テレビの世帯普及率は九〇％を超えていた（一九六四年(昭和三十九年)の統計ですでに九〇％超)。

このように大人たちが新しいものを消化しつつあるとき、子どもたちもテレビ・

アニメという新しいものを見つけた。『鉄腕アトム』『鉄人28号』『エイトマン』『狼少年ケン』『0戦はやと』『ビッグX』『宇宙少年ソラン』『オバケのQ太郎』『ジャングル大帝』『おそ松くん』『ハリスの旋風』『魔法使いサリー』『黄金バット』『パーマン』『マッハGoGoGo』『リボンの騎士』『冒険ガボテン島』『ちびっこ怪獣ヤダモン』『ゲゲゲの鬼太郎』『巨人の星』『アニマル1』『サイボーグ009』『怪物くん』『佐武と市捕物控』『妖怪人間ベム』『ひみつのアッコちゃん』『紅三四郎』『もーれつア太郎』『どろろ』『タイガーマスク』『サザエさん』『ハクション大魔王』『ムーミン』『アタック№1』……。進化の爆発は懐かしい！

通信衛星経由の通信は一九六三年（昭和三十八年）に始まるが、その第一回放送が「ケネディ大統領暗殺事件」、一九六九年（昭和四十四年）の「アポロ十一号月面着陸」は月からの中継であった。特に後者は世界で六億人が視聴したという。私もその一人だった。

その頃、夕食時のゴールデンタイムに放映されていたフジテレビ製作のバラエティ番組『万国びっくりショー』は、一九七〇年（昭和四十五年）に開催予定の日本万国博覧会にちなんで企画された番組であり、毎回世界各国から招かれたゲストが驚きの技を披露した。その第一回に登場した韓国の天才少年キム・ウンヨン（金雄鎔）はわずか四歳。黒板に出された難しい数学の問題をさらりと解き、スタッフが答え合わせをする間、黒板の片隅に漢詩を書いていた。別の人物は東南アジアからの心霊手術師。素手で人間の腹から病巣を切り出し、腹の傷も手を当てるだけでふさいだと実演して見せた。なんでも見ることができる時代になったら「百聞は一見にしかず」を疑えと悟ることになった。

コラム

「交通事故」

一九五六年（昭和三十一年）の経済白書で「もはや戦後ではない」とうたわれた「神武景気」（昭和二十九年十二月から三十二年六月までの三十一か月）では、白黒テレビ・洗濯機・冷蔵庫の家電三品目が「三種の神器」であり、戦後最長の高度経済成長期である「いざなぎ景気」（昭和四十年十一月から四十五年七月までの五十七か月）では、カラーテレビ・クーラー・自動車の3Cが「新・三種の神器」であった。

その乗用車の生産台数は、一九六〇年（昭和三十五年）から一九七〇年（昭和四十五年）の十年間に一七万台から三一八万台へと三〇一万台増加し、車両の保有台数も五三〇万台から二八四〇万台へと急上昇した。所得が上昇し自動車の価格が低下して「一家に一台」の自家用車を持つことが可能になった。パパの運転する車でレジャーに出かけることが憧れの的となり、自動車メーカーもファミリーに向けた広告をうった。一九六五年（昭和四十年）には名神高速道路の名古屋―阪神間一九四㎞が完成し、一九六九年（昭和四十四年）には東名高速道路の東京―名古屋間三四七㎞が全線開通した。モータリゼーションを加速させた。

しかしこの時期、交通事故による死亡者数も急激に増加していた。

一九五九年（昭和三十四年）には死亡者数が一万人を突破し、一九七〇年（昭和四十五年）には一万六七六五人となった。この年の厚生省の統計（一年前までの交通事故を原死因とする）では二万一五三五人となった。これらの死亡者数が、二年間で一万七二八二人の戦死者を出した日清戦争の水準を超えると言うので、マスコミはこの状況を「交通戦争」とよんだ。私が小学生だった時代は、日本人同士が殺し合う戦争の時代でもあったのだ。この時期私も二人の同級生を交通事故で失った。

私の通った小学校では、運動場の片隅に「交通公園」なるものが作られ、警察官が小学生に交通マナーを教授した。その効果があったのか、昭和四十五年をピークに死亡者数は減少していくのだが、このころ教えられた横断歩道の渡り方や、交差点での自転車のまがり方は今でも変わらず有効だ。変わったのはスマホを見ながら横断歩道を渡る人や、車道を逆走する自転車が出現したことだ。また殺し合う時代に戻らなければよいのだが。

コラム

「ユニチカ」

ユニチカは一九六九年（昭和四十四年）、紡績会社のニチボーと合成繊維メーカーの日本レイヨンが合併してできた総合繊維の大手会社である。糸をつむぐ会社と合成繊維を製造する会社の合併だった。東京オリンピックで活躍したニチボーのバレーボールの選手は、そのままユニチカの選手になった。

ユニチカの大高工場はもともとニチボーの紡績工場であった。合併後も大高工場では綿の紡績を続けていた。だから工場の建屋の近くへ行くと紡績機の機械音と綿の独特のにおいがした。敷地の広さ二三万六千平方メートルというのは、東京ドームの五倍ぐらいの広さである。敷地は東海道線に沿って取られており、構内への引き込み線があった。原材料・製品は東海道線に直接搬入・搬出していたのだろう。この引き込み線が捨て去られているところに、当時の紡績産業の状況が現れていたのかもしれない。

小高い丘の上の小学校から北東方向の坂を下りると間もなく工場敷地が見えてくる。そのまま進めば正面玄関。美容院の店の名前を門衛さんに告げれば、入場を許可してくれた。顔なじみになっているので顔パスがきいた。正門のわきにはテニスコートがあった。中学の時にはよく使わせて頂いた。

厚生施設の周りの敷地は広々として、植木がうえられ、管理された草地がひろがっていた。そこでつくしを取ったり、蝉を取ったり、子犬を遊ばせたりすることができた。家族のある従業員は、工場敷地に併設された住宅街に住んでいた。そこの子どもたちは同級生に大勢いた。僕も誘われて一緒にサッカーをしたが上級生が怖かった。日が暮れると母やインターンの女性たちは店を閉める。自転車を引いて帰る大人たちの後ろ姿を追うように、家に帰った。

第六章

四十三年度（五年生）

昭和四十三年の四月に、僕は五年生に進級した。と同時に聡が三年生、光が一年生になった。これで服部三兄弟が全員小学生になった。

光の担任の先生は、僕の一年生の時と同じ、山口みどり先生。先生は光にも厳しい先生だった。

一年生になって初めての授業参観の時、母はおめかしして出席した。おおぜいのお母さん方が教室の後ろに立って並んだ。

山口先生が教室のみんなに何かの質問をした。質問の内容は残念ながら母も覚えていない。その後のショックが大きすぎたからか。

先生はだれも手を上げないので、勝手に指名した。

「はい、服部光さん」

光はもともと答えがわからなかったし、後ろにはお母さん達がずらりと並んでいるのできん張して、だまったままうつむいていた。そうしたら先生が、

「光さん、だまって何も言えない子は石と同じですよ」

これを聞いて母は、顔が真っ赤になった。はずかしかったのが少しはあるであろうが、大部分の理由は腹が立ったのだ。

家に帰ってきて母はできごとを説明して、人のむすめを「石と同じ」にした担任の先生をおこっていた。光は泣きだすとうるさいが、いつもはおとなしい子だ。このまま石にならないように見て行かなければならない。

*

時間は前後するが、僕の見ている限り、光は二度、死にかけた。

一度目はまだ僕が小学校の低学年だったころ。光は幼ち園に行き始めていたころと思う。僕は光を風呂に入れた。

からだを石けんできれいにしたのは良かったが、足の裏まで石けんでごしごし洗ったのがいけなかったのかもしれない。

洗い終わって石けんを流して湯ぶねに入れて、座らせたのだが、自分の体を洗うの

に気を取られて、いっしゅん光から目をはなした。

ふと見ると光が湯ぶねにいない。あわててのぞきこむと、湯の中にしずんでいる。急いで引き上げた。

助け上げるのが早かったからよかったのかもしれない。ゲホ、ゲホというぐらいで、けろりとしていた。もう少し時間がかかっていたら水を飲んでいたかもしれない。

二回目は大浜街道で起きた。

うちは新幹線のコンクリートの塀と大浜街道に挟まれた細長い土地の中にある。所どころに大浜街道と塀をつなぐように、空いた場所がある。そこでミニ野球ができる。コンクリートの塀をキャッチャーにしてボールを投げ、打者が打ち返すだけの遊び。ピッチャーの後ろに一人のボール拾い。それが光の役だった。

ボールが上手に打ち返されたので、ピッチャーも光もこえて、大浜街道の向こう側まで飛んだ。光がそれを取りに行こうとした。

習っているように道をわたるときは左右を見て、確認して、光は大浜街道をわたった。

しかしボールを拾って帰って来る時、確認せずに飛び出した。そうしたら丁度、トラックが来ていた。三輪のトラックだった。

トラックは急ブレーキ。運よく間に合った。運ちゃんが、大声で、

「危ない！　気をつけなさい」

と、窓から顔を出してどなった。

光はボールを前に持ったまま、

「ゴメンなさい」

と深く頭を上げた。言い方も頭の下げ方もものすごくていねいな謝り方であった。僕は胃ぶくろが縮む思いであった。

トラックが行きすぎてからわたろうとする光を、僕と聡ともう一人の僕の友達で、

「まて、まて！」

と、止めて、三人で車の来ない事を確認して、光をわたらせた。いっしゅんのちがいで光を交通事故に合わせるところだった。

＊

五年生の時に、海洋少年団に入って赤い羽根の募金を名古屋駅でやらされた。駅のはしからはしまで走らされ、お願いします、お願いしますと大声で呼びかけたが、時間が来ると、名古屋の部長さんが来て、お金を自分のハンドバックに入れて、さっさ

と持ち帰ってしまった。本当に困っている人にわたるのだろうか。

南極観測船ふじが名古屋港に入港した時、ふじに一番のりして、ニュースで、僕の顔が映ったときは、うれしかった。

海洋少年団では手旗信号、つなの結び方など、めずらしいことをたくさん経験した。通信ゲームとかいう楽しいゲームも経験した。周りの子たちが全く知らない子たちばかりなので、最初は不安だったが、いろんな学年の子がいて、でも上級生は下級生に優しく指導することが訓練の一つなので、いじめられることはなかった。

岡崎の山の中にある展望台にいっぱくで行って、金星を本格的な望遠鏡で見たこともある。金星は、輪があるわけでなく、真っ赤でもなく、印象のうすい星だった。

＊

母に水練学校に行かされた。夏休みの間だけだった。

これはスミレ美容院の情報局の案件なので、近所の子たちといっしょだった。ただしみんな一学年上の子だった。

学校は知多の内海の海岸にあったので、大高から国鉄で熱田に行って名鉄に乗りかえて行った。夏休みなのに毎日早起きして出かけなければならない。この通学が大変だった。

海は体がうきやすいこともあって、自分で思う以上に簡単に泳ぐことができるようになった。特にゴーグルしてせん水しながら泳ぐと、見る世界がめずらしくて、病みつきになった。泳ぐというよりもぐる遊びを覚えた。

ここで泳ぎを覚えたので、学校ではちょっと有利だった。同級生は野球部が多く、野球部員は、かたが冷えるという理由で、泳ぐことが禁止されていた。目のはなれた丸い顔をした野球部の先生が、部員の前できつくこういっていた。

僕は野球の一軍にはとても上がれそうにないので、これでいいのだ。

それからこの年はメキシコオリンピック

内海のスイカ

があった年で、東京オリンピックはまだ一年のころなので、実感が少ないが、メキシコはサッカーが強かったので面白かった。毎日学校から帰って台所で、母の買ってきたハムカツを食べながら見た。学校でもサッカーの授業があるし、放課時間は、いつも運動場でサッカーをする。それに大高小学校出身の体操の選手が銅メダルを取って、運動場に集合させられて、その選手の話を聞いた。ここの運動場の鉄棒では強さが不足するので、もはん演技は見せてもらえなかったが、あく手はさせてもらった。加藤武司という人だ。

第一部　五年の先生

五年になると、組みかえをするが、僕は津田くんや、長良くん、などと、もう一度同じ組になりたかった。

四月二日、僕は五年生の校舎にはってある組み分けの表を見に行った。僕の組は四組で、一番五年生では、便所に近い教室である。

僕たちの教室の友達は、男では、務くん、久志くん、智和くん、丸井くん、たちが四年生の時と同じ。三年から四年だけがちがったのは、女子で、菅田さんぐらい。男子では、康信くん、中田くんの二人ぐらい。五年間ともいっしょなのは、丸井くんと百合子さんの二人だけだ。

中でも康信くんは、僕の父と康信くんのお母さんとが、昔の同級生なので、一番親しいぐらいである。

それから、山彦くん、菅田さんとは、幼ち園もいっしょであった。

しばらくして、僕、康信くん、竹山くん、ヒー坊（久志くんの略）、山彦くん、ダンナ（山村くんの略）たちで、六人の同盟を結び、いつの間にか八幡神社で遊ぶようになった。

僕たちの先生は、「坂田としお」という名の人で、眼鏡をかけて、少し太り、よく笑う人だった。

この先生は、時々くだらないことや、シャレを言ってニコニコと、みんなを笑わそうとしているが、たまに面白くないのが出てくると、僕たちは、わかるようにわざとらしく笑ってやった。

さてこの先生の、思いでは……。

ある日僕と康信くんと、山彦くんと竹山くんとヒー坊とで、一生けん命そうじをサボった。あっちぶらぶら、こっちぶらぶらと歩いていると、ちょうど、坂田先生にぶつかってしまった。気がついたときにはもうおそい。一年生のろう下のところに正座をさせられて、五時間目をむかえた。五時間目になると、今度は五年生のろう下へ正座させられた。しばらくすると、先生が中に入れてくれた。ちょうどその時は、転校していく子のお別れ会をやっていた。そのために僕たちは、みんなから言われる言葉で、シャレを作ることになってしまった。どんなシャレを作ったのか、忘れてしまった。

＊

さて、一学期の中ごろになって、となりの組、五年三組の高野先生は、給食の時間中、生徒たちを、学校のそこら中にいかせて、ろう下を走った子をつかまえさせていた。手を洗うついでに見てみると、一年生から六年生まで、全部容しゃなく、つかまえて、先生の所へ連れて行く。

先生は自分の担任の教室にいて、つかまえられ、差し出された生徒をしかる。そういうしくみだ。

そんなある日、僕と竹山くんは、ふざけ合っていて、給食中に教室からろう下へ、がばっと飛び出した。するとそれを見ていた三組の秋夫（確か、こういう字を書い

た）くんが、僕たちのところに来て、

「おーい、ちょっと来い」

と、僕たちの手をつかんで言った。すると反発した竹山くんが、

「お前だってこないだ走とったがや」

と言ったので、秋夫くんは仕方なしにいったん自分の教室に帰ったが、また改まって、

「おい」

と言ってやってきた。僕たちが、仕方なく三組の教室に入っていくと、高野先生は、

「おい、また服部は、やったのか」（この間、中央ろう下で、高野先生に現行犯でつかまったことがある）と目を丸くしておこったが、竹山くんは遠くで見ているだけで、先生も僕しかおこらなかった。

二、三日経って、僕は一年生の四組へそうじをしに行くため、東ろう下を歩いていた。みんなが走っていったのが、良かったのだろう。後ろから、先生らしき物体の手が、ポーンと頭をたたいた。ふり向くと、高野先生だった。向こうがニコッと笑ったので、僕もニッコリと笑うと、さっさと行ってしまった。危ないところだった。

その時以来、給食の時間になると、時々僕の後ろに尾行している子がいた。そんな時僕は、決まって、わざとゆっくりと歩いてやった。

第二部　ペスの子

授業も順調に進み、もう六月。五年生ともなると、やっぱり難しい。

そんなある日の朝の事、僕は家に飼っているメス犬のペスが、赤ちゃんを産んでいることに気がついた。はじめての犬の子なので、とてもめずらしかった。

最初は、いつ生まれるか、いつ生まれるかと待ちくたびれていたので、毎日のように朝起きたらすぐに行くことにしていた。

その日もいつものように見に行くと、小屋の中から、にゃーにゃーと声が聞こえた。

初めはペスが、ネコを連れてきて、なめているのかと思ったが、黒や白の小さいものがこちょこちょ動いているので、

「産んだー、産んだー、ペスが子どもを産んだぞ」と飛び上がって喜んだ。

その日からいつも、子どもばかり見ていたら、お乳をすうところがよく見えた。

食事の時間は、たいてい朝昼夜の三回、人間なみだ。

子犬は三びき。オスかメスかは親が見ておこるのでわからない。その三びきが、せり合ってお乳をすう小屋が、せまいので困っている。

食事の次は昼ね。すって腹がいっぱいになるといつでもねる。

ね場所はたいてい親の前の足の間ぐらい。下にぼっちゃい（古臭い）毛布がしいてあったが、親が外に出してしまった。

ある日、子犬がお乳を吸っているときに親にご飯をやった。するど親は、子犬に構わず、ご飯を食べにすくっと、小屋から立って出てくると、子犬たちはブランと、おっぱいにぶら下がって、しりから落ちた。その子犬たちを見てみたら二ひきがメスで、いっぴきがオスだった。

その子犬をつかまえて、口に僕の小指を持っていくと、チューチューと吸ったが、お乳が出ないとわかると、そっぽ向く。

子犬は毛がぬれていて、黒と茶がメス、こい茶がオスだ。

子犬たちはだんだん大きくなって、丸々とふとり、歩きかけている。オスの茶をユニチカに連れて行った。

ユニチカには、宿舎の間の中庭に、小さい人工の池があって、真ん中に島がある。この池が目的で、ユニチカに行った。

最初のうちはこの犬、しゃがんでしまって、動こうとしない。前足を引っ張ってやるとズルズル引きずってきた。仕方なく僕たちはだっこして、持っていった。

もうそろそろと思い、犬をおろすと、まだ歩かない。

どうなってもいいや、とばかり、そのまま僕たちは、池に直行していくと、子犬はおそるおそるついてきた。さて、池のとこまで来ると、今度は困るぐらいよく走りまわった。

僕は、池のふちの山に登ったり、池の真ん中の島に行ったりして、犬をからかうと、キャインキャインと泣く。しかし犬に近寄って、頭をなでてやると、すぐ泣き止む。単純なものだ。

後ろの方で、ビシュッ、ビシュッと音がした。聡といっしょに見ていると、中年ぐらいの男の人が、ゴルフの練習をやっているのだったが、それに見とれていると、後ろの方で、ボチャンと音がした。

僕と聡は、同時にふり向くと、そこには子犬が池に落ちて、犬かきで、ぱちゃぱちゃと泳いでいた。向こう岸まで行き、岸に上がって、ブルブルブルと体の水をふり落とすと、ぬれた毛が体にひっついて、細くて、か弱い犬になってしまった。僕はあんなに太っていた犬が、こんなに細くなるかと思うと笑えてきた。

しばらくすると、だんだん、毛もかわいてきて、もとのまるっこさにもどると、今度は、昔、ユニチカが使っていた、大高駅行きの、運ぱん電車が通っていた線路のところまで行った。その線路は今、使用していないので、サビだらけの線路だ。そこの線路の上をわたっていくと、線路のポイントがあって、これより先は、二本の線路になっていた。

僕は、もう使っていないので、構わないと思い、そのポイントを切りかえようとヨイショと持ち上げたが、びくともしない。聡といっしょにヨイショと持ち上げるとやっと、少し動いた。もう一度一踏ん張り。今度はタイミングよく、ポイントに切りかえ装置が立った。そこでグッとおすと、ガシーンと向こう側にたおれて、うまく切りかえ成功。

そのまま、線路沿いに歩いて行くと、子犬が僕たちと反対の方向に向かって、においをかぎながら、進んでいった。

僕はチビ、チビ（名前がないのでインスタントに）と呼んで、もとのところに走っていくと、あとを追ってきた。

それからしばらくすると、チビが見当たらない。僕たちは、アッとおどろき、そこら中を探して回った。ユニチカの店にも行ってみた。池にも言ったが、見つからない。通りがかりの女の人にも聞いた。顔見知りの人にも片っぱしから聞いて回ったが見つからない。

仕方なく、いなくなったところに行って転がって、空を見ていると、キャンクーンと言って、どこからともなく子犬が現れた。

木の木かげからシッポをふって、めずらしそうに出てきた。僕たちは飛びついて、犬をだっこし、くるくると回った。

僕の考えによると、この子犬は、木の木かげで昼ねしていたか、どこかをさまよって、ぐう然に会ったんだろうと思う。

それから話は変わるが、後のために書く。

と言うのは、今まで仲良く親しくやってきた、ひろこちゃんまりちゃんが、もう美容師のめん許を二人とも取ったので、辞めていった。荷物をまとめて、

「マコちゃん、さとちゃん、光ちゃん、バイバイ」と声を合わせて去っていった。六年間の付き合いだったので、さびしかった。そのかわり、恵子ちゃんと言う人と、カノウさんと言う男の人が見習いに来た。そのカノウさんと言う人は、男のくせにひろみなんて名前だった。

このカノウさんは、マツダキャロルを持っていて、よく火曜日になると緑地に連れて行ってくれた。

第三部　そろばん塾

僕は五年生になって母のすすめで、えみよのそろばん塾へ行った。

その後、僕は朝日新聞の配達をやらしてくれと朝日新聞の店に行った。

たのんできた帰り、大浜街道の歩道を歩いていた。そそっかしい僕は、コンクリートのひび割れているところで、つまずいて、前にたおれるなら良いが、後ろにたおれて、歩道の角で頭を打った。イテテテと頭をおさえると、血がたらたらと首や手の方へ流れてきた。これはあかんと、鼻紙で傷口をおさえて、家へ走っていったが、あまりしびれたせいか、痛くなかった（この話はまだ、ひろこちゃんまりちゃんがいたころだ）。

家に帰ると祖母が、どうしたのと心配そうに、包帯を持ってきた。僕は傷口の辺にぐるぐるにまいて、馬力のあるまりちゃんに自転車に乗せてもらい、中江外科に行った。

しんさつ室に入ってうつぶせにねると、お医者さんが傷口あたりの毛を、ジョキジョキと切った。次に赤チンをぬって、

「ちょっと痛いよ」とお医者さんが言った。麻すいをかけたらしい。何かしびれるよ

うな気がした。看護婦さんが、となりにいる。カチャカチャと音がした。少し痛む時もあった。やっと傷口をぬった。包帯をぐるぐる巻きに巻いた。

保険証を持っていかないので、千円以上もお金をとられた。

その夜、母は帰ってきてびっくり。しかし訳を聞いて、

「あんたはおっちょこちょいだでなぁ」

と言っている。

一週間後、ついに頭の糸をぬく日が来た。

その日、そろばんに行く時、僕は、

「早く糸がぬきたいなぁ。こんな包帯で暑苦しい」とつぶやいた。

さてそろばんの帰り、もうすぐ糸をぬくのに、いつの間にか、

「おそがい（おそろしい）なぁ、糸をぬくの」

と、さっきとはまるっきり反対になってしまった。家に帰って鏡の前で包帯をとって、手鏡を後ろに持っていき、傷口を見てみると、正三角形の形に三はりぬってあった。

翌日、学校から帰ってさっそく、外科に行った。

僕は、一番最後に回ってしまった。

六時ごろになってやっと回ってきた。

包帯をとって、ハサミでチョキンチョキンと切って、ピンセットみたいなもので三本いっしょにズバッとぬいた。

ぬいた後は、気持ちが良かった。ような悪いような……。

結局新聞配達は親に止められて、親が謝りに行って断ってしまった。そもそも新聞配達をしたくなったのは、お小づかいが欲しかったからだが、なぜ新聞配達かと言えば、新聞配達の店がそろばん塾のすぐとなりだったからだ。

そろばん塾は級別に開始時間が分かれているので、時間を待つ間、その前の広場で、ビー玉をしてよく遊んだ。

＊

このそろばん塾のある辺りは、僕にはなれない場所だ。正直言ってこの辺りに友達は少ない。学校の友達は大きく分けて、うちの近くの人間で、幼ち園が同じ子。次がこのあたりの子で、中には幼ち園が同じだが、多くはこのあたりの幼ち園にいっていた子。三つめが引っこしてきた子たちで、多くはユニチカに勤める家の子。

だからこのそろばん塾の裏にある大高城は、この町の名前がついている城なのに、なじみがない。そろばんに行くようになって初めてこの城山に登った。正確には城のあとだ。

そんなに高くないから簡単に登れるけれど、「マムシ注意」の看板があるからこわい。なるべく人に踏みあらされた土の上を歩いた。

上は平らで石ひが立っていた。反対側のながめは良かった。大高の町の全体をすっぽりとみることができた。町の反対側に、小高い山があって、新幹線の位置から見て、あの向いがわの丘が、うちのある鷲津と分かった。大高は鷲津と大高城に挟まれた、盆地のような町だ。

父にこれらの山は、桶狭間の戦いに関係あると教えてもらった。大高城は今川側。徳川家康が兵ろうを運んでえらくなった場所。鷲津とそのとなりの丸根は、織田信長側のじん地。ということは鷲津に住んでいる僕にとってはここは敵のじん地。

名古屋まつりで三英けつの行列も見たことがあるし、桶狭間の戦いも学校で習った。けれどこういう細かいことは初めて知った。みんな知っているんだろうか。

第四部　山の生活

僕たちの行く山の生活の場所は、木曽駒と言うところで、僕たちが大高小学校でも初めて行く。

時は、夏休みの八月。一日と二日。行き先は駒ヶ岳二千九百五十六メートル。はじめてのところなので、五年の先生がそこへ見に行ったときのスライドを見せてもらったら、第一展望台からのながめは、雲が下にあって、すごくかっこよかった。それに、とまる宿も民宿みたいでかっこいい。

駅前の広場からバスに乗って木曽駒に向かう。濃尾平野を通り、山の中に入った。山の中に入るにつれて、険しく、せまく、ヘアピン・カーブが多くなってきた。車よいする人が続出。となり同士よっている人もいる。

先生は、いろいろ考えているらしく、しおりの中から歌を拾い出して、楽しくやっていこうとしていた。国道十九号線に入ってしばらくして、三組の乗っていたバスが、故障して、三十分ぐらい立ち往生。僕たちが、乗っているバスの会社から、バスが一台やってきた。心がけが悪いからそういうことになるのだ、おろか者め。

山の中に入ると、すごいガケのカーブがちらほら出てきた。

ヒー坊は、カーブがあるたびに、暗殺される暗殺されると言うので「ヒー坊なんかが暗殺されたら、世界が明るくなる」と言ってやると、歯をむき出してニカッとした。

山の頂上付近まで来た。雲らしきものでくもっていた。道の周りに、キャンプのテントが張ってあり、色とりどりできれいだった。

宿が見えた。スライドで見たよりも、がっちゃい（古びている）。学校の校舎みたいだ。

バスから降りて、げん関から中に入ると、まだ前に泊まっていた他の小学校の人たちがいるので自分の部屋に入れず、一つの部屋に男ばっかりおしこめられた。

やっと自分たちの部屋に入ると、真ん中に四角い畳がしいてあった。

リュックを置いて、ナップザックと、水とう、おにぎりと、ゆで卵を持って、山を登るために並んだ。僕たちは一班だ。

一班、二班、三班、四班の順で、山を登っていった。青々とした草の間を、道がくねくねと通っている。

頂上につくと、白かばの木がたくさんあり、天望台からながめても、雲でくもって何も見えなかった。

食事をし終わると、記念写真をとったが、後で見てみると、水とうのひもで、体操の服装のえりを、ピーンと引っ張っていて、かたの辺まで見えていた。あの時はとてもはずかしくて、はずかしくて、小さくなってしまった。

さて、そこの上に立って、山々をながめると、所々見えないところもあるが、山の頂上がずらりと並んでいるのが見えた。今からあそこの一つへ行くと思うと、胸がわくわくする。

僕は、体力もないのにAコースを、なぜ選んだかと言うと、Bコースの第二展望台まで行って、もと来た道をもどって宿で、Aグループが来るまで、待っていると言うのでは、せっかく来たのに物足りない。Aグループと言うのは、第二展望台からまた山を一つぐるりと一周してくるコースで、五から六キロはあると聞いていたが、一生に一度なので、Aコースを僕は選んだ。

第一から第二の間は、一キロもない。昨夜の雨で土がぬるぬる。すべって転びそうになるたびに、木の小枝につかまる。

第二に着く。そこは、ちょっとした半島みたいなところで、クズの山があった。五、六分ぐらいの休けいで、Aコースに行く人たちは、高野先生の後に続いた。僕はいつもしかられているので、ビクビクだ。並んで見てびっくりした。三組の女子が十人ぐらい仲間に入っている。四組からは一人も出ていない。三組の女子はたくましい。

さぁ出発！　男子が、女子の前に二列に並んで歩いている。僕たちの組の丸井くんは、ナップザックを忘れたので、大きいリュックのままで歩いている。と中でへたばらないといいが。

山をジグザグに通っている道で、下った。そのまま直進するよう、すべり台でもあればいいのにと思っていると、急に坂になった。立って歩けないので、スライディングのようにすべって行った。

今度はジャリ道。石がゴツゴツして歩きにくい。石でつまずいてよろよろと行くと、佐藤君が見ていて、

「なんだ、服部。もうくたばったのか。丸井見てみろ」

と馬鹿にしたので、

「ばかいえ、つまずいただけだわ」

と言い返すと
「へーそうかしゃん（そうかい）」

と、息を切らしていった。僕は心の中で、

（自分がくたばっているもんで、人にそういうようにおし付けているな）

と思ったけれど、先生がいたので口には出さなかった。

ちょっと草が生えているところで、休んだ。僕はね転がってお茶を少し飲んだ。あまりたくさん飲むと腹が痛くなると言うことを野球部でよく経験してるからだ。

十五分ぐらいね転がっていると、

「整列」

と声がかかった。

また出発だ。ここら辺は、木がはえていなく、草ばかりなので、日が、カンカンに照る。

しばらくすると、三つ角があった。土の道が三本にわかれて、木がたくさん生えていた。

だんだん夕方になってきた。すると竹山くんが、

「夕刊配達は、ゆうかんな竹山くん」

と大きな声で言ったので、それにつられてみんないろいろなことをしゃべりだした。

と中に（山頂まで三キロ）と書いてあったので、

「まだ、あと三キロもあるのか」

と言ってがっくりしていると、今度は、（山頂まで四キロ）とあった。

まさか僕たちは山を下っているのではないかと心配したが、先生は構わず歩いて行った。確かによく考えると、この道は、宿に来るときにいつか来た道。見覚えがあった。道の真ん中がふくらんでいて、草が生えていた。

そんなことをやっていると、チョロチョロとかザーザーとか言って、泉がわいている音が聞こえた。先生がちょっと道をそれて、その小川のところで水を飲ませてくれた。最初先生がそっと上の方をくんでのみ、

「おーい、この水飲めるぞ、上のほうの水は悪いけれど、下のほうの水をすくえばきれいだな」

と言ったので、僕たちは、すいとうのコップで、順番に自分できれいだと思うところ探して飲んでみると、口がかわいていているせいかおいしかった。

やっと宿の前まで来た。他の先生がむかえに出ていた。

自分たちの各々の部屋にもどった。浜田くんたちが、将ぎをやっていた。僕は、あまり強くはないが、一通りの事は心得ている。

夕食、全員で財布を持って食堂へ、財布は、お土産を買うために。

食堂の席に座る。組ごとに四つの列の先から一班、二班、となる。僕は一班で、背が一番低いので、班長の康信君のとなり。もう食事の支度はできている。魚のフライに野菜やサラダなど、ご飯は、ほかほか。確か班ごとにいただきますと食べ始めると、あまり美味しくなかった。

ご飯のおかわりは何ばいでもできる。

残りものは大きいバケツの中にポイ。先生たちは後で食べるらしく、おいしそうに見ていた。

残すことが多いらしい。バケツを二個も持ってきた。

食事の済んだところから部屋に帰った。

今度は一組から。お土産を買う。あまり混ざつしているので、ふん水の近くのオリの中を見たら、熊みたいな犬が、のしと現れた。あれにはびっくりしたが、次の朝見ると、おとなしそうな犬であった。

僕は土産に、かざり物とペナントの二つを買った。

次は入浴。ぱっぱぱっぱっと進んでいく。僕たちのクラスはどべ（最後）で、適当に二つに分けて、入った。先生はドアの所でところで待っている。カラスの行水みたいにドボンシュ。温かくも何にもならない。

部屋に帰ると布団がしいてあった。朝方が冷えると言うので、シャツを着て、ね間着を着て、その上から腹巻をした。ねる前に便所に行って、ついでに簡単に口をゆすいで竹山くんとねた。僕はねながら、

「もうおそいからねなさい」といつも母に言われているように言うと、みんな、ワハハハハと笑ったが、僕たちの部屋は、あいうえお順の十一番から十七番までの（確か

そうだったと思う）七人しかいない。その中でも丸井くんが、ワハハハと大きい声で笑うので、表のろう下で見張っていた高野先生が、

「おい、静かにねろ」

とやってきて、静まりかえっているのを見て、いったん出て行ったが、

「おい。夜中に起こしてもらいたいものはいないか」

と言いながらもどってきた。今度も返事をしなかったので、もどっていった。

朝、起きると、みんなも起きていて、服を着ている子もいた。僕も起きて行って洗面所の水で顔を洗うと、顔はさっぱりしたが、手が冷たくて、冷たくて、たまらなかった。

みんな起きるとそうじをして、食事に行った。朝はミソしるにご飯、味付けノリなどだ。それからついでに朝礼を外でやり、水とうにお茶を入れた。ちんちんのお湯なのでアルミでできている僕の水とうは持てなくなってしまった。

部屋に帰ってしばらくして、ハンゴウ炊飯の用意にとりかかった。学校でやった時は、下の方が少しこげていたので、おこげが余ってしまったけれど、本番の時はしっかりやろうと思っていた。

僕と浜田くんと牧ノ原くんのお米を合わせるのだが、僕は、お米を忘れてきてし

まった。大失敗をしてしまった。先生が予備のお米を分けてくれた。

水道の水でお米をかして（お米をといで）外の中庭に整列した。今度は四組の一班が先頭で、河原の広い石のたくさんあるところに向かった。もう他の先生たちがいて、準備をしていてくれる。その河原にハンゴウを置いて、つり橋に行った。つり橋のところに行くと中に、大きなクレーン車があって、通行をじゃましたので一列になって進んだ。周りの山々は全部と言っていいほど、木がカミナリで焼けていて、黒こげになっているのに、なぜ今僕たちのいる山は青々としげっていたのだろうと思った。

つり橋が見えた。全部木でできていて、ロープだけはワイヤロープだ。

一組がわたり終わるまで前進して行ったが、グラングランと横にゆれるならまだしも、縦にゆれるので、落こっちゃいそうで、おそろしい。一組まで、わたったので、帰りは記念写真をとった。記念写真を釣り橋の上で写される。写された人から釣り橋の下の河原で遊んでいた。今度は僕もうまく写っていた。

下の河原でしばらくすると、二、三人の人が水とうのお茶を冷やそうとして水につけていたが、水とうからコップが落ちて、川の流れといっしょにどこかへいってしまった。

そのことが二、三べんも起こったので、僕は水とうを引き上げた。

先生たちの相談がまとまったらしいので出発。ハンゴウの置いてある河原へ向かう。と中と中で白い光ってる石を拾ったり、植物をつんだりしていく人たちがたくさんいるので先生が、

「あんまりとると植物がなくなってしまうからほどほどにしなさいよ」とふざけながら言ったが、あんまり効き目はなかった。

河原に着いた。自分たちの班のハンゴウを持って並ぶと、先生が僕たちの火をたいても良い場所に連れて行ってくれた。そこに行くと、もう阿川先生が、たけるばっかりにしており、ハンゴウをかけるばっかりにしてあった。たき木がなくなると、どんどんもっていく。僕たちは先生を入れて四人なのでいそがしいが、先生は先生で別に作っている。

ハンゴウをたいている間に、僕は、三人の子たちが持ってきたカンヅメを、両手にかかえて、川の水に冷やしに行った。

川の勢いはすごいもの。真ん中に入れたらひとたまりもない。僕はあんまり水の勢いのない、川のふちの方へ大きな石を入れて丸く囲んだ中に入れた。

そのついでに、いろいろなところの様子を見てみると、みんな活発に働いている人もいれば、のんびりハンゴウを見ている人もいた。するとある先生が、

「旅館からサラダが来たから、代表の人取りにいらっしゃい」とメガホンを使って言ってきたので、プラスチックの皿を持って僕は走っていくと、もうみんな集まっていて、我も我もとせり合っている。おいしそうなサラダなのでたくさん、たくさんとねだったが、あまりくれなかった。そのサラダは僕たちの食事場に置いて、もどってくると、もうそろそろハンゴウを降ろそうとしていた。あまり短かすぎるとグシャグシャだし、あまり長くたいてもこげてしまう。

「もういいだろう」と阿川先生が言うので、火からおろしてみてみると、やや、やわらかかったが、こげるといけないのでまた火にかけるのをやめてしまった。先生はそのまま他の子のところに行った。僕たちはさっそくサラダの置いてある所へ持っていって、僕はさっきのカンヅメを取りに行った。先の位置よりだいぶ川下に流れていた。

缶切りで缶を切りふたを開けて、ハンゴウの中のご飯を、中ぶた、上ぶた、皿に三等分して、真ん中にサラダを置き、カンヅメをつっついた。ものすごく冷たくて歯にしみた。僕の持ってきたカンヅメは、牛の肉であったが、みんなきらいなのか僕がすすめても、「いいわ、いいわ」と遠りょがち。旅館でもらったサラダは、少し冷えて、から味が効いていた。こんな真夏の日には冷たい方が食べやすい。

ご飯は、上の方は美味しくやわらかくたけていたが、下の方がこげていて、苦い味が少しご飯についていた。

　カンカンをゴミ捨て場に捨てて、川の水でハンゴウを洗って旅館へ帰った。帰ってすぐ、自分の荷をまとめていると、僕たちの乗って帰るバスがやってきた。僕たちは整列して、人員点呼。異常ないとわかるとすぐバスに入った。

　今度は僕たちのバスが先頭だった。帰りのと中の小さい町のところで、山村くんがどう思ったのか、「トンネルがとんねる」とうまいシャレ。それからと言うものどこ行っても、僕たちはシャレばかり。「南港菊野《なんこうきくの》の宣伝する薬は、何個きくの」とか、「かっぱの巣が、沼の角よ」（意味は僕たちにしかわからない）など長編ものが多くできて、ダンナは、いつも何かあると、考えてばかり。しんけんな顔を見ると笑えてきて、またシャレを聞いて笑う。こんなことをしているので帰りの道は楽しかった。

　それにモーテルに止まって、一組のバスとちょうど並んだとき、一組のバスのイスが動くことが分かった（イスが動くと言うのは、背のもたれるところの角度が自由に変えられると言う事）。バスに乗っている一組のやつらが、

「おい。そっちのバスはイスが動くか！」

と、いばってきた。僕たちのバスは残念ながらイスは動かない。しかし四組のバスは

トップで走っている。で、「お前らの車、イスだけ動いて、車は動かないだろう。だから一番ドベ（ビリ）走ってんだよ」と五人の知恵。

「だけど走っとるがや」と一組。

こっちが自まんのタネに困っていると、

「何言っとる。こっちは、夏暖ぼう、冬冷ぼうだぞ」とヒー坊。みんなが笑ったが、あまりぴんとこなかったけれど、少し考えてやっとその意味がわかった。一組の子は、みせびらかすみたいに、イスを上にしたり、下にしたりしていた。そんなことをしている間にバスが出発した。

第五部　京都・赤目四十八滝

その年のある秋の日、京都へ、親せきの一部と行く。平安神宮、知恩院、三十三間堂。赤目四十八滝などに行く。

平安神宮は、ものすごく赤くて、左右対象のことや、庭が広いと言うことにおどろいた。そこで食べたホットドッグがからいと言うことも……。

知恩院は、天井に左甚五郎の忘れがさを見たが、うぐいす張りは、歩かなかった。忘れがさと言うのは、左甚五郎がこの知恩院を作ったときに忘れたそうで、かさが落ちてこないようにあみがはってあったが、ほんとに甚五郎のかさなのかわからない。

三十三間堂へ入る前に、ビニールフロシキの上に、古い毛布を引いた上に、食べ物を広げた。二つの家族と、利夫兄さんの将来のお嫁さん、渡部のりこさんたちが、たくさん弁当を持ってきたので食べ切れない。

三十三間堂の中に入ると、下のろう下はツルツルしていて、大仏に見とれていると、すべってしりもちをついてしまう。

この大仏は大仏と言うより小仏といった方が良いぐらいで、千近くの小仏の中に、だれか自分の知っている人に似ている顔があると言う。そして真ん中には、ほかのと比べると大きい大仏があって、そこの前には花が生けてあった。そこに、僕たちが三十三間堂を出るのと入れちがいに、外国人の団体客がおし寄せてきた。

＊

京都へ行った次の休みは赤目四十八滝。名阪のと中から左に折れて田舎っぽい山道を一キロぐらい進む。右は切り立っていて、川が流れている。僕たちは川の上流に向かっている。観光バスが僕たちの前と後ろにいる。はい気ガスや砂ぼこりで窓を開けていられない。

しばらく行くと、料金所があって子どもは三十円。そこにホルマリンづけにしてある、天然記念物のオオサンショウウオの腹の開いてあるのがあった。そのすぐとなりに、サンショウウオの本物の生きているやつが飼われていた。うなぎを縮めて足をつけたようなやつで、滝つぼの下に住んでいるそうだ。こんなやつを初めて見た。

第一番目の滝は、あんまり険しくなく、養老の滝よりはばが広い。細かい水しぶきが飛ぶ。今度はその上に行った。

そこは滝が二つ重なっていて、上の滝の滝ツボから滝が流れている。登れるようについていた鉄のハシゴは、上の滝ツボから十メートルぐらい、下の滝からは三十メートルぐらいのところにかかっていて、水しぶきがかかる。手で持つところが低いので、よけいおそろしい。

上に登ると、ながめが広かった。高所きょうふ症の人なら立ちすくんで動けなくなるかもしれない。

そのまま山を一つこえた。長い階段の上り下り、それだけでくたびれる。この辺には、岩が多く大きくて、畳百畳もあるというものもあった。そこの滝は、水がバラバラに散って、水が白くあわ立っている。釣りをしている人もいた。

河原で店開きをして、食事をとる。聡は、岩と岩の間の水の険しく通っているところで、足をつっこんで水をせき止めていた。冷たい水を利用して、カンヅメやスイカ、ジュースなどを冷やした。

赤目の兄弟

山の生活の時より冷たく、川の勢いも速い。僕はおにぎり片手に、河原の岩と岩の間の流れがない所の魚を追っかけていた。その結果、三センチぐらいの魚とカニをつかまえた。そのまま逃がしてやった。

この上にさらに登ればもっと滝があると、看板の地図に書いてあった。山の生活の時のような準備をしなければ、たくさんの滝を見ることはできないようだ。残念。

第六部　自転車

五年生の終わりころ。冬から春にかけて。

そのころ僕ははずかしいことに自転車に乗れなかった。ある日、康信くんたちが、

「いいところに連れてってやるで、早く自転車に乗れるようになれよ」

と言ったので、興味を持って二十インチの自転車のけい古をしたが、一向に乗れない。それでみんなは、手取り足取りで教えてくれた。よろよろしながら何とか走っているというところまで発展した。が、まだ、道を走るのは良くないので、八幡神社の近くの中学校で乗り回して練習。何べんか転んだりぶつかったりした結果、やっと人並みに乗りこなせるようになった。

それで今度は、みんなでサイクリングに行くことを決定。行き先は、大府のほうの小ノ山。そこには、山村くんの知っているお寺があるそうだ。八幡さまが出発点。小林堂を通り、バンジョウの前を通り、学校の坂を降りて、有隣の前に来る。そこから名四の下をもぐって一本道を走る。

下がドロンコ道。タイヤが重くてあんまり進まない。田んぼ道をちょろっと入って寺に着く。山村くんが入っていき、あいさつをすると、僕たちも入れてくれた。農家

みたいな広い家だ。僕たちは裏の池で、木をうかべて競争する。裏山の砂取場へ行く。三十メートルぐらいの砂のガケで、穴をほったり自分のネームをほった。すると、みかん畑の方から、りょう銃の音。僕たちは流れだまに当たらぬよう、しゃがんで高い畑のすみなどを通って、鳥をうっている人の後ろで耳をおさえた。その人が僕たちに気がついて、わざと、大きな音で鉄ぽうを打った。そのカスの花びらの形を、探し回った。そのおじさんに聞いてみると、今日は、鳥を一羽うったと言うので、その鳥を見せてもらうことにした。おじさんが取った鳥は車の中にあるので、おじさんに連れて行ってもらうと、愛知用水にでた。鳥は、わきに止めてあった車の大きなトランクの中にいた。首をぐったりとさせていた。首の形を見るとかわいそうになった。

しばらく日数が経ち、今度は聚楽園《しゅうらくえん》に行く。大仏のあるところだ。大高から六から七キロぐらいあるのではないか。往復だと十二キロぐらい。

と中の山から大仏が見える。山の前に、横を向いて、向こうのほうに小さく見えた。ここから一直線に行けば近いのにと思った。

向こうにつけば大仏がワイドに見えて、にらみつけられているようで、おそろしく、特に大仏の前の仁王は、にらんでいるようで、夜見れば本当の鬼に見えるかもしれない。

家に着いたのは、六時ごろになってしまった。

こうやって自転車で遠くまで行くと、つかれてくるので、先頭からの順序は、最後は体力順になる。だれかが順序を決めたのでなく、自然にその順になる。そういう訳で三月生まれの僕は、いつもどべ。一番おそく自転車に乗れたからということもあるが。

でもみんな、きょりが開いてしまうと待っていてくれて、実は親切。「また服部、へばっとんのか（へとへとになってるのか）」と口は悪くても。

そういうみんなに助けてもらったのは、片目のつぶれた黒犬に追われた時だ。大高緑地に自転車で集合して乗り回していた。アベックがいると自転車を置いて、のぞきこんだ。たいていばれてしまって逃げられる。そんなことをしていた。

夕方になり帰ろうとすると、どこから来たのか、僕たちの集団の近くに黒い犬がまとわりついた。黒いだけでなく片目がつぶれていた。赤い肉がはみ出していた。舌を出してハーハーいいながら近づいてくるので、不気味だった。

みんな「ワーッ」と言っていっせいに自転車に乗って逃げだした。僕も逃げたが、一番おそいので僕は犬に追いつかれそうだった。

緑地は大浜街道の入り口まで、急な下り坂になっている。その坂を思いっきりスピードを出して下った。ここでブレーキのかけ方を間ちがえると大てんとうする。スピードをゆるめたいが、すぐ後ろには目のつぶれた黒い犬。全速力で追っかけてくる。止まり切れず、坂がつき当たるせまい道のおくにある、はい水溝に飛びこんでしまった。ものすごくこわかった。はい水溝は半径二メートルぐらいの丸い底の溝。水は流れてなかった。

その中で僕はひっくり返っていた。

右ひざを打ったみたいで、非常に痛かった。

みんなびっくりして助けに来た。僕は這いあがったが、ひざがきかない。何とかなりそうだったから、骨は折ってないと直感で思った。泣かなかった。

黒犬はどこかへ行ってしまっていた。

みんなに助け出された。だれかが僕の自転車を引きずり出した。

乗ってみた。ふつうに乗れそう。でも足が痛くてこげそうにない。それを見てひとりが、提案した。

「僕が服部を二人乗りで乗せるから、ほかの三人は、四台の自転車を乗りつごまい。服部んちまでは一キロだから、すぐだで」

「乗りつぐ」というのは、一人が一台の自転車を思いっきりこいで、みんなよりずっと先に行き、そこで自転車を置き、走ってもどってきて、置き去りにしてある自転車でみんなを追う。これをくり返して、三人で四台の自転車を運ぶ方法。

二人乗りの自転車をこぐのも大変だし、自転車を置いて走ってもどって、置き去りにされている自転車を取りに行くのも大変。

こうやって友達に助けてもらって、僕は家に帰ることができた。ひざは大したことなく、二、三日で痛みは引いた。

コラム

「水練学校」

水練と言うのは水泳の鍛錬のこと。江戸時代は各藩が藩の体制強化のため武士の子弟に儒学と武道を教授することを目的として藩校を設置した。ここでいわゆる武芸十八般を教え、その一つの科目が水術、水術に従って泳ぎ方を練習することを水練といった。各藩がそれぞれ独自に泳ぎ方を開発したので、水術は日本国中に様々あり、日本水泳連盟が公認する十二流派の競技種目の泳形（泳ぎ方）は一二三種もあるという。これら日本泳法は、実用や軍事の目的のために生まれたもので、流れる水を横切る泳ぎ方、長距離を泳ぎ切る泳ぎ方、物を持ったり水面上でいろいろな仕事をするのに便利な泳ぎ方など、各藩の状況に応じて工夫されていた。

一方、一九六四年東京オリンピックで男女合わせて銅メダル一個と言う不本意な結果に終わった日本水泳界は、欧米型の年齢別選手育成システムを新たに構築することを目ざし、スイミング・クラブ設立に向けて動きだした。その結果日本中にスイミング・クラブが設立された。水練では日本泳法を鍛錬し、スイミング・クラブでは欧米風の平泳ぎやクロールを教えるが、私の通った水練学校では、平泳ぎとクロールを教えてくれた。

修学旅行中の小学生一六八人が犠牲になった「紫雲丸」の沈没事故（一九五五年）が子どもの水泳教育の必要性を人々の心にやきつけた事、オリンピックを前にしたスポーツ振興法（一九六一年）の成立で学校にプールを建設する補助金が出るようになった事、銅一個だけだった事、高度経済成長で税収が増えた事。これら全部が背景にあったのであろう、国はプールの設置を計画した。私の通った大高小学校には一九六二年（昭和三十七年）に、大・小のプールが設営された。私が入学したときから、小学校にはプールがあった。

私の通った水練学校は自治体が主催したのか、篤志家によるものか、海洋少年団の関係か、内海の海水浴場が客寄せを兼ねて主催していたのか、母の「お客様情報室」から得たコネクションか、母が結婚するまでは武豊に住んでいたのでその人脈によるのか、今となっては誰に紹介されたのかはわからない。母が生きているうちに聞いておきたかったことはたくさんある。これもそのうちの一つだ。

場所は内海（今の南知多町）の海岸だったことは覚えている。知多半島の中ぐらいにある伊勢湾に面した海水浴場だ。内海には国鉄（武豊線）ではなく私鉄（名鉄）で行くので、乗り換えが面倒であった。国鉄が最寄り駅なら自宅から一分の大高駅から武豊線に乗るだけだ。

いろいろな所から子どもが集まってきていた。大高の上級生が何人かいたが知り合いではなかった。岸で平泳ぎとクロールの形をならい、呼吸方法をならい、あとは、沖の赤い旗の立っているところまで何度も往復した。厳しい訓練でもなく、競技会があるわけでもなく、欠席しても怒られることもなかった。岸でスイカわりのアトラクションもあった。楽しかったという記憶しかない。自由に泳いで、帰るときには猛烈におなかが空いていた。私はこうして、海水の浮力に助けられ、ひと夏の内に自然に泳げるようになってしまっていた。

コラム

「バイト事情」

私達の小学校の頃は一九四七年（昭和二十二年）の「教育基本法」施行から二十年以上も経っているので、義務教育は国民にかなり浸透していた。私も、それが親に課せられた義務とは知らず、子どもに課せられた義務と勘違いしていたところはあったが、小学生が働いてはいけないことぐらいは知っていた。それでも大人の仕事の手伝いをすれば、いくらかの金銭をお小遣いのように受け取ることができると安易に考えて新聞配達店に頼みに行ったのであろう。

このころの私の小遣いは月に五〇〇円だったと記憶する。確かに母の遺した家計簿にもそう記録されている。他にもカレーライス一人前一三〇円、かつ丼一人前一五〇円とあり、この時代の物価水準を教えてくれる。僕は隣町の模型屋に飾ってあった二〇〇〇円のプラモデルが欲しくてアルバイトで稼ごうと考えたのだとおもう。何か月も貯金する辛抱のない子であったのだ。

労働基準法第五十六条によれば中学生以下はアルバイトであろうとも原則就労できず、例外として中学生ならば、健康・福祉に有害ではなく、例えば新聞配達や牛乳配達といった軽微な労働であるなら周りの大人の同意の上で就労することができる。小学生の場合は芸能関連にしか就労できない。だから怪我をしたからと断りに行かなくても、新聞店は私の両親に連絡をして断ってきたであろう。

私は大学を出て就職試験に臨んだとき、ある企業の面接で「あなたが人生で一番苦労したことは何ですか」という質問に出会った。私は自分が本当に苦労したことなど他人に言えるわけがないと、適当なことを答えたが、同席していたライバルたちの答えを聞いても、同じような感想を持った若者の投げやりな気分が窺えるだけだった。

就職して何年もして、今度は自分が大卒学生の面接を担当することになった。人事からは「あなたが今までの人生で一番苦労したことは何ですか」の質問をするように依頼された。自分の嫌いな質問をする立場になってしまったのだ。私は面接にやってきたある関東の有名私立大学卒業予定の学生にこの質問をした。東北出身の彼はこう答えた。

「はい。私は小さいときに父を亡くし、母が女手一つで私を育ててくれました。私は中学、高校と新聞配達をして家計を助けました。あの頃が一番つらかったです」

私は迷わず二重丸を付けた。私の上位評価者も同意見で彼は採用になった。労働基準法第五十六条の規定が実生活に絶妙に寄り添っている。こういう条文を「生きた条文」というのであろう。

コラム

「愛知用水」

私が育った大高町を南に下ると、隣町との境界線辺りで愛知用水の水路に行き当たる。幅二十メートル、高さ五メートルほどの、護岸がコンクリートでしっかり固められた、よく管理された小河川のような用水路である。いつもたっぷりとした水がたゆたゆと流れている。この用水路は木曽川の上流で水を取り、岐阜県南部を横切り、名古屋市の東部を経て知多半島を貫き、海底をパイプで渡り、日間賀島、佐久島、篠島までつながっている。戦後まもなくの一九四八年（昭和二十三年）ごろ、温暖な気候ではあるが干ばつの続く知多半島に農業用水をひき、農業を活性化させる目的で民間人が企画し、国を巻き込んで建造したものだ。外国人技術者を招聘し、世界銀行から融資を受け、一九五七年（昭和三十二年）に着工し四年間で完成した。総延長一一三キロメートル、支線の水路は総計千キロメートルを超える日本で最も大きな規模の用水路という。愛知県にはこのほかに矢作川から給水する明治用水、天竜川から給水する豊川用水がある。一九八一年（昭和五十六年）からの二期事業で施設の改築・近代化がなされた。

愛知用水の運用開始当初（昭和三十八年）は、その目的どおり、供給量の半分以上が農業用水として利用されていたが、平成三十年の統計では、水道用水と工業用水の需要が伸び、それぞれ二・五割および五割を占めている。愛知用水は伊勢湾に接する臨海工業地帯のモノづくりにも役立っているのだ。

朝、起きがけに台所で水道水を飲むと、程よく冷たく爽やかで、二杯、三杯と飲んでしまう。このありがたさを知っているから愛知県人には愛知用水の用水路にごみなどを投げ込む人はいない（はずだ）。

第七章　九州旅行

五年生の夏のできごとだが、長くなるので、最後に書く。

第一部　出発

うちに見習いに来ている恵子ちゃんのお父さん（この恵子ちゃんのお姉さんも、以前うちに見習いに来ていて、僕の父がそこの家に行って、とまったこともあるので、全くの他人ではない）が病気になって命が危ないそうだと連らくがあった。それで母は父に、

「ねぇ、恵子ちゃんのお父さんがこういうぐあいだで、お見まいをかねて、九州へ旅行してみたい」とたずねた。父は、いやな顔をしていたが、いつも会社から帰って来

ては、

「おい真、地図帳見してみろ」と言う。僕が、その度に見せてやると、ため息まじりに、

「遠いなぁ。運転するのは、おれだでな（おれだからな）」と、いつも同じセリフ。

実は父は二年前に親せきの男の人二人と、車で九州旅行をしている。その親せきの人が九州出身で、仕事で行く旅行に付き合った。その時の八ミリを僕も見せてもらったことがある。この時は男三人なので、車を交代で運転することができた。だから父は、土地「カン」はあるのだが、今回は一人で運転しなければならないことを心配しているのだ。

いく事が決まった。昭和四十三年八月十六日午前十時、ルーチェ千八百、八十馬力。五人乗りの車に、大人三人、子ども三人。一応い反じゃないけれど、かなりきゅうくつ。母が助手席で光をだき、僕と聡と恵子ちゃんが後ろ。

最初、名阪で大阪まで行く。四日市市にやっと着いたと思っても、九州全体の道のりから見ると、動かないみたいなものだ。

大阪に行く前から、おやつを広げて、食べている。まだ大阪に行ったこともないのに、いっぺんにそれ以上も行くなんてかなりぼう険。

大阪午後二時、国道二号線沿いに走る。船場の道頓堀の橋を見た。川はよごれていた。この大阪は、国道の真ん中に市電なんかを通している。これじゃぁ何のための国道やら。

大阪を出るのにかなりの時間がかかり、神戸に着くのが午後の四時。神戸港の船を見ると、さすがに大きなタンカーや客船がわんさとつめている。堤防から見えかくれする船をながめると、船よりクレーンの大きさが目についた。

ここからだんだん沖のほうに淡路島が見えてきた。この時に来年の旅行の行く先が決まった。

明石午後五時。明石は知っているように、東経百三十五度線がある。これを期待していた。国道二号線沿いは国道なので混ざつし、じゅずつなぎになった。こんな調子で行くと、きっと百三十五度のところで止まってくれると思う。ちょっと前ぐらいになると家の間から、時計台がちらほら見えた。

百三十五度にやっときた。そこには目印に木でできた三角形の柱が立っている。その向こうに時計台が立っていて、日本の標準時間を指している。

しかし、期待したのに、百三十五度のところは、一分も止まらない。そのくせ、他のところに来ると二分も三分もとまっている。にくいと言ったらありゃしない。

姫路。ここの期待は姫路城。ここで『大奥』のさつえいをやっているらしい。この姫路城は、父の言うことには、道のかげからチラッと見えるだけだから、よく見とけよと言う。寄れるものなら寄りたいところなんだが……。

さていよいよ、次の信号の角。僕たちはじっと右手の方向に目を向けた。見えた。名古屋城より大きくて、少し白っぽい。国道より広い道の先に、ドッカーンと座っている。たくさんの車が並んでいた。チラッと見ただけでも、一年以上経った今日、二月二日でもよく覚えている。印象が強かった。

岡山。その日の午後九時ごろ通る。ここらにくるとだんだん心細くなる。なぜかと言うと車のナンバーが岡山ナンバーになっていて、三河や名古屋ナンバーはないと言っても良いが、一台だけ僕たちの前をぐう然にも三河ナンバーが走っていた。向こうの人もこちらに気がついているらしく、後ろばかり見て喜んでいた。ナンバーと言えば、そこらの道で前を走っているトラックのナンバーが家族の注目の的。なぜめずらしいかって？　それは、僕の家の電話番号とまぐれにも同じ。なんか心細くじゃなくて、心太くなった。

広島県に午後十一時。広島市の原爆ドームを見たいので、広島市に急ぐが、広島市は広島県の西のはし。

広島のモーテルで夜ご飯。モーテルなのでとまるところもあるが、いっぱく千円以上。ホテル並みなのでやめた。

ここでカツ丼を食う。何しろ、これを食べると、「勝つドン」と言うぐらい。この九州旅行で、何度、カツ丼を食べることになるのか。

長いこと待った末、やっと六つ分きた（家の家族五人と恵子ちゃん一人）。食べてみると、油が多く、卵も少なくて、まずいカツ丼だ。これでも二百円以上。質より値段方式の店だった。

広島市に入って、平和記念公園を探した。国道二号線を歩いていた巨人の金田に少し似ている頭のはげたおっさんに、父がどこにあるのかと聞いていた。その人もあまり知っていないらしい。いつまでもいらないことを言っていて、三十分ぐらい後、やっと教えてくれたが、あまりあてにできなかった。その通り行っても、同じところばかりぐるぐる。そういうことのくり返しのうち、やっと見つける。公園の入り口は名古屋の科学館の入り口みたいな建物を横に長細くしたようなもので、遺骨が入っているらしい。

車を、その建物の下に止めて、公園の中に入る。もう午前二時。あたりはシーンと静まり返っている。お化けが出そうな感じだ。半円みたいな格好のお墓の前でカメラを、シャッターを開いたまま、じっと固定して写真をとる。あいにくフラッシュを持ち合わせていない。その後の人造池のふちのジャリ道をたどって、原爆ドームを探す。六人ともキョロキョロ。真っ暗なので探すのも一苦労。と中、ロケットみたいな塔の下に千羽鶴の十束ぐらい、万羽鶴になって、つるしてあった。

それにさっきの墓の花が、そえられて間もないようにいけてあったので、毎日花をいけるのかと思ったら、よく思い出してみると、十日ぐらい前は広島の原爆記念日であった。

僕たちが、そのままてくてくと歩いていくと、前方にうすくドームが立っていた。写真やテレビで見たように上が半円でできていた。夜中なので不気味な感じ。そこまで一生けん命歩いていくと、ドームの横に丸い時計があった。僕たち五人はドームを見つけてとってもいいと感じていたのに母は、その時計のことが原爆ドームだと思ったらしく、

「あれがそう、あんなものが?」

と時計の方ばかり見ていたので、

「時計じゃないよ。そのこっちのこわれた建物だよ」と教えてあげると、

「あー、あれかね。それであれがなにい?」

と、僕の母のこのあわれさ。建物の訳を教えてやると、やっと納得したみたい。

原爆ドームの周りに、高さ五十センチぐらいの手すりがあって、その内側の建物の周りに芝生が青々とひいてあった。建物のふちに小さいコンクリートのかけらが山にして積んである。建物の塀が、うすっぺらくなってたおれそうなので、鉄柱で支えてあり、上の丸い鉄は、真ん中より少し左がペコンとへこんでいて、今にもたおれそうな感じで不気味だ。このドームは産業館と言う建物で、原爆が上空約六百メートルで爆発したと言うので、この建物に放射能なんかがくっついてはいないかと、心配であった。ここはよく夜になるとアベックのいこいの場所。今日でも二つのカップルがかたを組んでいた。

原爆のむごたらしさをよーく感じ取ると、下関に向かう。関門トンネルを早くくぐりたくてジリジリしているが、山口県に入ったころから、僕はねてしまった。

朝、起きてみると、何かお寺の境内みたいなところに車が停めてあって、父母みんなねている。僕が起きるとぞくぞく目を覚ます。父が、

「おい。この上に冷たい水が流れ出ているかもしれないで、タオルを持って見に行こう」と、手をとった。よくお寺などでは山の清水がわき出ているところがある。僕たちはさっそく行ってみたが、大高のお氷上さんぐらいの広さの寺であったが、水は

一てきも出ていなかった。すぐ出発。本州のはしまであと一息だ。朝の通勤ラッシュにぶつかって、じゅずつなぎ。はるか彼方までつながっている。

だんだんすいてくるとともに山が増えてきた。海の見えない所のへんからトンネルに入るそうだ。山にトンネルがあった。もう関門トンネルかと思ったら、三百メートルぐらいのトンネルで、山をくぐる。トンネルを出ると、光は、

「もう九州ついたの」

と喜んでいたが、まだ本州だと知ると、残念な顔をしていた。

だんだん道路が広くなり車の通りも激しくなった。そして関門トンネルの入り口が見えた。小型は三百五十円。

中に入るとだいだい色の電灯が、初めのうちは二、三個おきについていたが、おくに入っていくにつれて明るくなっていく。

トンネルの形が、ふつうのトンネルは上が丸いけど、ここは天井が四角で、ちょっと高いところに人間の歩くところがあるけれど、特別の人や用事の時しか通らせてくれないだろう。

海の底を通っているからだろう。トンネルのふちから水が垂れていて、道路が下りになっている。それにトンネルが長いので、車のはい気ガスがたまり、窓を開けると、

けむたくてたまらない。ダンプがよく通るのが目につく。

今度は上り坂。今は、トンネルの真ん中ぐらいだ。両わきの電灯がきれいに並んでいる。だんだん登るともう出口。約三千六百メートルのトンネルだった。

九州へ出たが、僕は九州を一面ハワイみたいなヤシの木が生えている、もっと暑いところかと思っていた。だけど九州の第一印象は、名古屋みたいなところだった。北九州市は名古屋の港区みたいなものだ。

国道三号線を走って、若戸大橋に向かう。三号線にも市電が通っている。

大橋をわたろうと、車の流れに沿っていくと、と中で道に迷ってしまった。すると後から来た福岡ナンバーの車が、

「こっち、こっち」と言いながら、ぬかしていった。名古屋ナンバーなので若戸大橋に行くのだと考えたんだろう。

教えられた通り道を曲がると、すぐ橋に出た。小型百五十円。工業製品を運ぶトラックが多い。ものすごく高いところにかかっていて、川はあまりきれいではない。丸い鉄柱の囲いで歩道もある。右なめ下に八幡製鉄所らしきものが、港付近にあり、四日市市みたいに煙がもうもうとエントツから出ていた。九州旅行の第三番目の見学場所にしては、自然の色が見当たらぬ。そのまま国道沿いに福岡へ。案外大きな都市。

筑紫平野を横切る。まだ九州のかんじが出ない。ワァッと言うような景色が見えないかと待ちくたびれる。

熊本から天草五橋の橋のかかっている半島三角に入る。日が暮れてきて、僕はうとうとねてしまった。海岸沿いの道をたどっていって、第一の橋が見える。白くて大きくて下をフェリーが通っている。かなたまで島が五、六個続いていて、車の通りも多い。ここは島々に橋が五つかかっていて、雲仙天草国立公園。橋は百メートルぐらい。橋をわたった向こうの島にモーテルが一けんある。この島々にも民間の人々がいるらしい。料金は百五十円ぐらい。はっきりとはわからない。

島々を走るにつれ、次々と橋が見えてくる。鉄パイプでできている橋や、四角くかどばった橋。五つが五つともまちまちで、いろどりもきれい。九州第四番目にしてはよかった。橋の上から見た海に、真じゅの養しょくらしいいかだがういていた。海の光が真じゅに見えた。

一番最後の島。ここからフェリーが出ていて、目的の恵子ちゃんの家、鹿児島県の出水と言うところの近くまで行っているそうだが、もう五時ごろで、船は出なくなるそうなので、またもとの道をもどって、三号線沿いに出水に向かう。もう夕日が少ししか見えていない。

またも、じゅずつなぎ。車のこう水に巻きこまれる。

鹿児島県に入ったのが午後九時。出水に九時ちょっと過ぎに着く。

恵子ちゃんの家は魚屋で、すぐ前に大きな川があり、川をわたると町があるそうだ。ここは大きい兄さん、その次に女の人三人、一番末っ子に中学一か二年の男の子の兄弟で、一番上のお兄さんは、漁を、一番目の女の人（みっちゃん）とそのお母さんとやっていて、その次の女の人は、観光バスのガイドをやっている。三番目の恵子ちゃんはパーマ屋志望と、みんな大きい人ばかり。

その夜は、さし身をそぐ席で切ってくれて、あったかいご飯で食べたが、僕たちばかり食べているので、悪いような気もする。

父は、僕たちが食べ終えてゆっくりしているのを見て、

「おい、あそこの鉄橋の下って、まだ風呂屋あるだろう」

と二番目のお姉ちゃんに聞いていた。このお姉ちゃんは、前も書いたように、僕の家に見習いに来ていたので顔見知り（今は観光バスのガイドさん）。さっそく、タオルを借りて、そこのおばさんたちと、お風呂屋に向かう。鉄橋の下をくぐったすぐそこに、一けんぽつんと風呂屋が建っている。九州でも左が男で右が女だった。戸を開けるとビックリ。まだ大勢の人がヌードになっている。

僕たちもさっそく飛びこんだ。もちろん女の人は、右の戸を入っているので、同じなわけではない。

真ん中に湯ぶねがあって、その真ん中から熱湯がふき出している。大高の風呂よりきれいで、オケもたっぷり、水もきれい。

体を流して、湯の中に飛びこみ、真ん中の湯がふき出しているところをそっと足でさわってみると、五つぐらいの穴から熱い湯がふき出て、水ぬきの穴は、一番すみのすみにある。いらんことだけど、ここの鏡はどれ一つ割れていなかった。

父はT字型のカミソリでヒゲをそっている。僕と聡は背中の流しっこをやっていたが、一回お金をはらうだけで、店が閉まるまで入れるので、そのままずっといようかと思ったが、旅のせいで体がつかれているので、すぐに帰った。

帰ると、とこがしいてあり、僕たちのところばかり、かやがつってあるので悪い気もした。

とこに入って今日一日のことを考えた。

九州に入って福岡のあたりに来た時のことだ。車がずらりと道に止まり、人々がたくさん行ったり来たりしている。事故らしい。僕たちは、さっそくカメラを持って見に行くと、線路の上に、ボンネットがぺしゃんこにつぶれた車があった。少しはなれたところに、車の部品らしいものが飛び散っていた。

野次馬根性の太いダンプの運ちゃんは、線路のところまで出かけて、車をのぞいていた。おまわりさんに注意されていた。

父はカメラに収めて、車に乗った。この事故をした車は、踏切から電車に引っ張られてきたらしい。

第二部　桜島

今日は桜島に行く。その前にここの家のおじさんをお見まいする。店が休みなので全員で市民病院に行く。みっちゃん（一番上の姉さん、今は魚屋さんを手伝っている）が運転する自動車の後を追っていく。

水俣病院は大きな病院。おじさんの病室は夏なので、ドアが全部開いていた。おじさんは、すごくやせていた。父たちが何やら話していた。僕たちは入り口のところで立っていた。朝ごはんの支度がしてある部屋からは、いいにおいがただよってきた。

お見まいが終わって、店の人たちは家に帰り、僕たちはそのまま桜島に向かう。三号線沿いに鹿児島まで。父は父の友達と一度来たことがあるので、すらすらとたどり着いた。

鹿児島市は、名古屋の少し町外れぐらいの町でビルが並んでいる。目の前に大きな緑の山がさっきからずっとつけている。僕は父にその山の名前を聞くと、あれが桜島だと言う。緑のふつうの山みたいで、てっぺんの方が雲にかくれているので、ふん火の様子は見られない。

鹿児島港でフェリーボートに乗って行くのだが、桜島に桜島一周コースと山登りのコースの二つの観光バスが走っている。だから無理して車で行く必要は無い。父が二年前にきた時は、フェリーボートが来るたびに音楽隊が演奏して、岸ぺきにパイナップルを売っている店がたくさんあったそうだが、僕たちの行った時には、見られなかった。

車を止めて僕たちは、フェリーに乗りこんだ。下のデッキには車が並んでいる。室内にはテレビもあるが、少しのことなので、外のデッキで景色を見ていた。三キロぐらいで桜島に着く。岸ぺきに『歓迎桜島』と看板があった。船から降りて桜島一周コースのバスに乗る。父は昔、山登りのコースでと中まで行ったことがあるので、今度はこのコースを選んだ。バスのキップを買うと、桜島のよう岩の名所の写真をくれた。

出発。ガイドさんはちゃんとついていて、いろいろ説明してくれた。車で見て回る人もいるらしく、アスファルトの道では反対から来る車とすれちがえない。

この桜島に、桜島町と言う町があって学校もある。それに桜島のふん火したときにうまった鳥居がある。大正ぐらいの時にふん火した火山灰が空から降ってきて、鳥居をうめてしまった。今では鳥居のてっぺんだけ地面にひょっこり見えている。その手前に同じように、家の門の頭の辺が出ているものがある。バスの運転手は、そこに来るとバスを止めてくれた。

桜島の周りの上にもう二、三年すると、しずむ小さな、ほんとに小さな島があるそうだ。

桜島の裏にきた。一面見わたすかぎりのよう岩。えび茶色のこい色のよう岩が、ごろごろしている。桜島は島と言うより、大隅半島にくっついているので、「桜半島」でもある。よう岩が周りにいっぱいあるところの道を走っていくと、もう終点に近づいたので、と中で降ろされてしまった。もう今日はバスを出さないらしい。

つぎに、桜島のいろいろな写真の博物館に入った。写真の他に、も型の火山や断面図など色々とあった。そこから出て港まで歩いて行くと、と中にあるよう岩のかけらをちょっととってきて、フロシキの中に入れた。船に乗る前、恵子ちゃんの家の人にいつもご飯を食べさせてもらっていて悪いと思い、カツ丼を食べた。家に帰るとまた腹が減ってしまったので、またさし身をいただいた。こんなことならカツ丼を食べてこなければよかった。

第三部　配達・魚市場

次の日、ゆっくりとね転んでいると、一番下のお兄さんが聡をちょっと来い、ちょっと来いと手招きをした。僕たちはそのままついていくと、お兄さんは、自分の部屋に引っ張っていって、ベッドの上で、すもうを取ろうと言い出した。僕たちは、ちょうど退くつしていたところだったので相手をしてやった。すもうをしている間にいつの間にかプロレスになってしまった。そうすると店からおばさんが、

「ひでお。ちょっとこれ、山田さんの所まで届けてくれない」とやってきた。兄さんが、

「二人のうちどっちかついてこない」と聡を勝手に引っ張っていた。しばらくして僕が父の前でね転がっていると、いつの間にか二人が帰ってきていて、優しく手招きをした。

僕がそっと行ってみると、とたんにワーッと飛びかかってきた。僕は聡と手を組んでやっつける。少し危機になると、僕たちは父のところにかけつける。すると兄さんは、やさしく手招きをする。そしてまたケンカをおっぱじめる。そんな事のくり返しのうちにまたおばさんが、

「ひでお。これ三番地の山川さん所へ持っていって」

ときたので、今度は僕がいっしょについていった。

自転車の後ろに乗って、スタート。でこぼこ道を走った。あんまり長く激しくゆれるので、おしりがヒリヒリする。

はじめ入った家は、兄さんが間ちがえたのか、

「そんなものたのみませんよ」と言われた。二番目に行った家は、

「おそいわね、すぐと言ったはずよ」と人気がた落ち。

家に帰ってくると店に子どもが道の前の川でとった魚を売りに来ていた。一キロが百五十円ぐらい。その夜、一番上のお兄さんが、

「明日、魚市場へ連れて行ってやろうか」

とさそってくれたので、その日は早くねる。

今日もカヤをつってくれて、みっちゃんたちは一生けん命明日の支度をしていた。

明日のことを考えると楽しくなった。

*

朝、目がぱっと覚めた。あっと思って見てみると、もう店が開いていた。服に着がえて兄さんに聞いてみると、一番初めの大きな魚市場には行ったが、水俣の市場には行っていない。しかしあまり大きな市場じゃないので、つまらないと言っていたが、構わずついて行った。

海岸沿いの道路を二キロメートルぐらいいくと市場に着く。夏の高校野球を丁度やっている。市場といっても大高の小学校のぶ台ぐらいの広さで、中央に魚が頭を並べて種類別にしてあった。所々に血がついていたのでかわいそうに思えた。

まだ朝早い。多くの人は、ねむたいのを覚まそうと、やけにタバコをバカスカ吸っている。

さて、せりの仕方は、それぞれの魚の前においた、あみでできた小さなコップみたいなザルのようなものの中へ、自分の魚屋の名前と、その魚をいくらで買うかを書いたわら半紙を入れて、一番高く値段をつけた人に魚をゆずるわけだ。

あのお兄さんも、みんなと同じように紙に書いてコップに入れて、そして、同じ仲間のみんなと、少しはずれの原っぱで、野球をしに行った。野球といっても三人対三人の退くつしのぎの野球。僕たちは兄さんの後をついて行った。そして、堤防のところで、こしかけて見ていると、楽しそうなので入れてもらおうと思ったけれど、おそろしいのでやめた。

しばらくして、後ろから変な声で、

「カレフンニャロロペンコチンペンコ」

と、変な九州弁で、変な服装の、変な顔の子どもがたずねてきた。聡も僕も顔を見合わせて口をゆがめた。向こうはまた、

「カレフンニャロロペンコチンペンコ」

なんて言うもんで、僕が、

「おい標準語で話してくれ」

と言うと

「ヒョウジュンゴシンタンコ」

まぁまぁわかった。するとその風来坊は、そのままあきらめて、どっかへ行ってしまった。それと同時に聡が、

「兄ちゃん、あの変なやつよ、カレー好きかと聞いていたんだよ、きっと」

と言った。そうかもしれない。やさしくしてくれようとしているのか、文句を言われているのか、もわからない。鹿児島弁は難しい。

そのうちに野球のみんなが帰るので、僕たちは兄さんの後をついて行った。

市場にはさっきの魚はもうなくなっていて、新しい魚がならんでいた。兄さんの分はちゃんととりわけてある。かごから出された魚は、カギのついた木のようなもので、ひっかけられ、種類別に分ける。

今日の朝とれたものばかり。まだピクピク動いていたが、エラの辺をブサッとカギみたいなものでさすと、死んでしまった。

カギみたいなもので魚を引っ張っていく人は、いちいち魚の種類を言うので良い勉強になった。

帰り道で氷を食べたが、九州は暑いせいか大高の辺と同じ値段で、山盛りいっぱい入っていた。

家に帰って、また一番下のお兄さんとすもうをとっていると、おばさんが、

「今日は川で泳いでもいい日じゃない」

と、ひでお兄さんに言ったので、兄さんは、

「お前ら、水泳パンツ持ってきただろう。だで行こまい（それなら行こう）」

と手を引っ張った。僕は母に事情を言ってパンツをもらった。向こうで着がえるのはめんどうなので、こっちで着がえて、上に上着を羽織って行った。百メートルぐらいのところに、前の川の水が止めてあり、そこでみんなが泳いでいた。

聡はうきぶくろを持って、飛びこんだ。僕も飛びこんだ。あんまりあらっぽいことをすると、ママさんパトロールの人たちにしかられる。いざ兄さんと泳ぐと、左足の爪が痛い。この間、学校のプールの日、プールサイドで、左足の爪が割れた。治ってきていたが、足をふるたびに、付け根からバカバカ動く。それで、足で水をけることができないので、いっぺん家に帰って、爪を小さく切ってバンソウコウをぐるぐるまいて再び出かけた。

今度はうまく泳げた。兄さんといっしょに泳いで、たるくなったので、下に足をつけたら下は、タクアン石ぐらいの石がぬるぬるになっていたので、つるっとすべってぶくぶく。あわてて、さっと立った。うまく立たないとまた転ぶ。またあきもせずに泳ぐ。しかし力をぬくと、すぐ水の勢いで水のせき止めてある所まで流されていってしまう。水もきれいだし、ひんやりしていて気持ちいい。慣れないと危ないところばかりだが、こんな川が大高にもあると、いつでも泳ぎに行くのになぁと思った。

第四部　青島・阿蘇・別府

宮崎県の青島に行く。

はじめ川沿いに鹿児島まで行く。鹿児島市から、いい広い道路で都城までひとっ走り。都城からは大変。そこから宮崎市へ出ればいいものを、道順がいいものだから、つい日南へ出ようと思った。国道二百二十二号線を走った。国道だしアスファルトなので、大じょう夫だと思い近道をする。

すると、だんだんジャリ道になって、ドリームランドみたいに田舎の香水。国道のはずなのに、山をどんどん登っていって、とうとうげになった。頂上の辺りに小さいトンネルがあった。思い切ってくぐると、上から地下水らしきものが降ってきて、車の屋根やガラスにパチャパチャとあたる。トンネルを出てから車をふいた。雨に降られたようになっている。このまま走るとほこりだらけになる。

ふき終えて、再び出発。少し行ったところに枝が道一面にころがっている。さけようがないのでその上を通った。だんだん下り道。そのうち後ろの左のタイヤが、へっこんでいることに気づく。広いところで見てみたら、パンクしていた。さっきの木の枝が悪かったのだ。これは大変。

スペアに変えて三たび出発。

何とも言えないひどい道。上に林、下に谷。景色を見ている暇がない。ふもとの町は小さな町で、ほ装された道。そのうち日南に着く。

近道をしようなんてことを考えたものだから、タイヤを一本損をした。そこからは、きれいな道路、景色も良い。青島や洗たく岩を早く見たい。

海岸沿いに走ると、本当にハワイみたいに空が青い。左の山々には、ヤシの木とまではいかないけれど、サボテンがちらほら。所々に洗たく岩が見えはじめる。

急にサボテンばかりの山が見えた。平べったいサボテンばかり。裏へ回り、一面にサボテンばかりの山に登っていった。山頂までの階段のと中の立て札に「落書きをしてはいけません」と書いてあった。僕たちは何もそんなことをするつもりはないのに、こんなことが書いてあるので、書きたくなる。

ふもとまで降りると、サボテンを売っていた。植木鉢付で、小さいのが百円ぐらい、大きいのでは九百円ぐらい。色とりどり。僕たちは手ごろな二百五十円のものを買う。聡はふつうのサボテン、僕は上から見ると六角形のような形の変わったサボテン。

それに初めて、打ちこみ式のメダルを打った。どうやってやるのかは知らないので、父に文字を読んでもらって、その通りやる。ローマ字で打つが、変に重ならないように気をつけなければならない。メダルを打ってペナントをつるすものを五十円で買ってもらう。みんな手ごろな値段。

四たび出発。今度こそ青島にまっしぐら。海には洗たく岩が並び始めた。将ぎだおしのこまをたおした後みたいだ。

青島に着く。車がよく混んでいて、有料しか止めるところがない。車を降りて砂浜を歩く。所々に橋ができている。もう八月。太陽がカンカンに照るので、砂がやけ、熱くてたまらない。

青島には、ヤシの木みたいなものや、いろんなものがいっぱい。一本一本の木に名札がつけてあるが、悪い人が多く、その札を取ったり、落書きがしてあった。青島はただの小島かと思ったらもう人間がそこに住んでいた。

五たび出発。しばらく海岸沿いの道。宮崎市に着く。かなり大きい都市。そこから左に折れて、小林に急ぐ。まあふつうの道。小林から霧島の有料ハイウェイに入ると、素晴らしいながめ。下に小さな町が見えた。霧島は名前の通り霧ばかり。上に登るにつれてだんだんこくなる。少しでも運転を誤ると転落。

「どうも霧ばかり出すぎてるなあ」

と、父がつぶやくと、聡が、

「父ちゃん、霧じゃないよ、これは、雲だよ」

と目を丸くしていった。

ヘアピンカーブなんかはザラ。頂上は、くるっと小さい山を一周して、下り坂。勢いがつきすぎないよう、ややブレーキをかけて降りる。山の中腹辺で、母が、「あっ！　ろ天風呂」とさわいだ。湯気とお湯がふき出している。ちょうどそこへ行くように、駐車場があったので、ポットを持っていく。

イオウのにおいが鼻をつく。この風呂に入ると病気が治るということが立て札に書いてあった。ふき出す湯は、プラスチックの管を通って、さっきのろ天風呂につながっている。

僕はさっそく、右の人差し指の生爪を、病気が治るのなら、ケガでも治ると思い、差しこんだ。するとオキシドールにでもつけたように、きつくしみた。その指をなめると、酸っぱくてざらざらな感じがした。

母はその湯をポットに入れようとした。しかしポットににおいがつくと困るのでやめた。こんなことなら車から持って来なくてもいいのに。

車に乗って六たび出発。ダラダラ坂を下る。霧島を降りて、またもときたように鹿児島へ行けばいいのに（後で思ってもしょうがない）そのまま水俣に出ようなんて考えた。道は行きと同じような、とうげ道。ほ装もしていない、おまけに車通りも少ないときている。お化けでも出そうなので、ガラス戸をビッシリ閉めた。

しばらくしてまた後ろの左にハンドルをとらえる。父が降りて見てみると、やはりパンク。もうスペアは無い。困ってしまっていると、運よく、近くにレストランがある。神様のお恵みだと思うしかない。こんなさびしいところにレストランがあるなんて。そこに車を止めて、タイヤを外し、中のコックさんに、

「ここ降りていったところにパンクを直す所あるかね」と父がたずねると、

「さあ」とたよりない。それを見ていた若い男の人二人、

「あの、おれたち下の町でよう、パンク屋知ってるで、連れて行ってやるわ」

とやってきた。父は大喜びで、その人たちの車にお金を持って乗った。僕たちは、そのレストランで、ハヤシをとって食べた。からくてうまい。食べ終え外に出ていると、父の乗った車が前の道を通り過ぎていった。おかしいなぁ、レストランの位置をわすれたのか。心配なので落ち着かない。あっちへぶらぶら、こっちへぶらぶら、と歩きまわり、便所に何回も行った。そこら中歩きまわっていると、やっと、タイヤを担いで、父たちがもどってきた。父は、タイヤをはめて、ハヤシライスを注文。母と父は何やら相談して、その若い男の人たちに、ビールとご飯をおごってやった。

車に入って、父が、

「もう一度行って、今度は、スペアのパンクタイヤをなおすぞ」

と言った。僕は、

「お父ちゃん、あんときなんであそこの前を通過して行っちゃったの」

とたずねると父は、初めから話してくれた。

まずあの人たちが下の町へ連れて行ってくれた。そしたらそこが休みで、なんべんどなっても起きないから、仕方なく今来た道をもどって、レストランの前を通り、今度は逆の方の町へ下った。そこにも、知っているパンク屋がいるそうだ。そして、そこで戸をたたきながらどなると、いっぱつで起き出し、やってくれた。それが終わっておじさんが、

宮崎青島のサボテン公園

「こんな夜だで、ちょっと高いよ」

と言ったので、父はびっくり。七百円ぐらい取られると思ったら、

「三百円です」

と言ったのでまたびっくり。名古屋の辺でパンクを直してもらうと三百円ぐらい。

そのうちに、そのパンク屋が見えた。シャッターを三分の二ぐらい開けてあった。

さっそくトランクからタイヤを出して、直してもらう。なれた手つき。うまく中のチューブを出して、穴のあいているところを調べ、ゴムのあてゴムで、きゅうっと、ひっ付けた。入れる時も素早い。中学生ぐらいの人が手伝っている。

車に乗って三百円をはらい水俣に向かって出発。と中で僕は、ぐうぐう。気がついた時は、店の前。

＊

翌日、父が出水市の駅に連れて行ってくれた。熱田の駅ぐらいでもっとにぎやか。真ん中にふん水がある。

すぐさま帰って帰宅の用意。母が、

「まこちゃんたちは、恵子ちゃんと後から汽車に乗ってこない」と言ったけれど、汽

車で直通で名古屋なんてやだ、と断ると、うなずいた。その横で恵子ちゃんに恵子ちゃんのお母さんが、

「向こうの人に迷わくするから行きなさい」と言うと、

「いやだいやだ」

と恵子ちゃんが断る。すると僕の母が、

「いいですよ」と言う。

そんなことをくり返しているので、僕は、車のところにいる父の方へ行った。父は車のよごれを洗い流していて、後ろの左のタイヤを指差した。またもパンクしている。

僕は父に、「ここにガソリンスタンドあるかと聞いてこい」と言われたので聞きに行くかたわら、みんなにそのことを知らせた。あるというので、みっちゃんに案内してもらい、僕と父はタイヤを置いて、もどってきた。

母達は、荷物をまとめている。僕は、ひでお兄さんにあいさつをした。それから最後にあったかいご飯とさし身を食べて、出水市を後にした。ガソリンスタンドによってタイヤをもらい料金をはらうと三百五十円だった。

国道三号線を一路熊本へ。熊本まで約一時間。みんなもうねている。起きているのは、僕と父の二人。僕は父が「お茶」と言えば、水とうからお茶を出さなければなら

ないし「タバコ」と言われれば、タバコを箱から一本出さなければならない。ふつうならこの仕事は、母の仕事だ。

熊本から右に折れ、九州横断道路に入る。道の両側に松の木がしげっている。丸い大きな立派な石の宮本武蔵の墓があるそうだ。

そのうち山が多く出始め、緑も多くなってきた。それにとうもろこしを売っている店が出始めた。

山道に入る。日南の時よりも比べ物にならないぐらいいい道、いいながめ。ここの山は芝生みたいな短い草で、道の両側に鉄格子がつけてある。料金所で百五十円をはらい、その気持ち良い道をつっ走る。と中のとうもろこしの店で、とうもろこしを買ってかぶりつく。案外おいしいが少し塩気が足りないのが残念。

それからはヘアピンカーブの連続。山を登っているのだ。僕たちは前や後ろや左右どこのながめでも、目の保養になるが、運転している父はわき見ができない。しばらくしても、そうゆう山ばかりなので、つまらなくなり父が、

「なんだ、阿蘇、阿蘇と言うけれど、こんなところか、つまらん」

とつぶやいたとたん、ヒュウーンと山をこえて右に曲がると、ワアーと言うほど広い草千里が目のまえに飛びこんできた。父はさっそくそこの頂上の広いところに車を止

め、景色を見ようと車から降りた。

そこからのながめは、草千里に向かって右にかすかな山、左は今きた山、ななめ前には阿蘇山。後ろにおわんをふせた山の真ん中に、細い道が通っている山。

車に乗りこみ山を下る。あまり高くは無いので一気にさぁっと下る。浅そうな草千里の湖の前を通る。周りは草ばかりで、それも若草。牛たちが水を飲んだり草を食べたりする様子がまざまざと見学できる。牛が一頭道ばたに出てきた。僕たちはその牛の前に立って記念写真。急がないと車も来るし、牛も逃げる。また車に乗って出発。阿蘇山はもう目の前。白い煙をもうもうとはいている。よく見ると牛には、おしりのところ辺に、番号がおしてある。自分の牛を放して、若草を食べさせているのだろう。牛のほうに目をとられていると、道に牛のふんがボットボット落ちている。危ない、危ない。

阿蘇のロープウェー乗り場に着く。

ロープウェーの中は大変混ざつしているので、ゆかにうんちんぐスタイルで座り、ゆかのガラス戸から下を見た。テープが色々と説明してくれる。よう岩の素晴らしさに見とれる。赤茶色のよう岩ばかり。これからそのよう岩をふき出した火口を見られるとなると、なおさらすばらしい。約四分で頂上に着く。山の上の駅は、またいつ爆発するかわからないので、網走刑務所みたいな高い塀で囲っている。外に出てびっくり。目の前に白い煙をはく大きな口みたいな火口が……。文字には書けないので本当に見たい人は自費で行くこと。

イオウのいやなにおいが、ツーンと鼻をつく。本当にイオウのかたまりは、黄色い花だとかんちがいをする。火口はすり鉢みたいで、少し踏み外すとずるずると底の方まで落ちていきそうであった。そのためか、火口のふちに、クイが打ってあった。

それからもし火山がふん火した時を考えて、戦時中の退ひごうみたいな、がんじょうそうなコンクリートのドームが百メートルぐらいおきに一つずつある。団体客の案内をしているガイドの男の人の説明を聞いた。火口の直径は約八百メートル。円周は約四キロもあるそうだ。向こうまでは近いようでも、いくら巾とびの上手い人でもわたるのは無理だと言う。

火口に身をのり出して、底をのぞいても、一番おくは見えない。煙にじゃまされる。この煙は、青やら赤に変わるそうだ。火口は、今までのやつを入れると三つ。一つはふん火していて、残りの二つはふさがっているが、そちらのほうに火口は動きつつあるらしい。

その残りの二つに降りて、石で自分の名を置いている人たちがいるが、僕たちは、おそろしいのでやめた。それからは、駅の屋上から火口をながめたり、記念品を買ったりした。もうじゅう分楽しんだので帰る。ロープウェーの下の駅で、スタンプをおしメダルを買う。

車に乗って出発。今来た道をそのままもどり、と中からわきにそれて一路別府へ。やまなみハイウェイを通る。何とも言えないながめで、山の頂上がずらっと並んでいて、牛の放牧がさかんらしい。家なんかは一けんもない。有料なので百五十円とられたが、とても良い道で、エス字カーブはざらにある。荒野の中を走っているようでかっこいい。その道を別府まで。だんだん日が暮れる。山を下り、別府に入り、別府の駅に到着。

阿蘇の三人

宿を探す。もう野宿はごめん。駅で客引きにばったり会い、駅前のあるホテルでとまることになった。僕たちの部屋はクーラーが付いている。便所は水洗だった。風呂に行く。風呂には僕たちだけしかいなく、だだっぴろい。シャワーもある。僕たちは大きな湯船で泳ぐ。風呂から出て部屋にもどると、食事の支度がしてある。でっかい皿に小さいおかず。これがこういうところのしきたりみたいなものだ。みんな集まり、食事を済ませたら七時ごろ。別府のはんか街を歩く。名古屋のはんか街みたいなところ。

と中で聡は、ブタのかわいい人形が三つセットで百円で売られているのを見つけた。聡はブタとあだ名をとっているので、欲しくて、欲しくてたまらないらしい。母にだだをこねた結果やっと買ってもらえて、うれしそうだった。僕は欲しいものがあっても「ダメ」と言われるだけなので、じっと面白そうにながめるだけだった。

宿に帰り、とこに入って、素直にねる。だけど電車の音であまりよくねむれない。

＊

朝、起きてすぐご飯を食べ、すぐ車に乗って、別府の駅の裏に止めた。そして、駅で地獄めぐりのバスのキップを買う列に並んだ、バスに乗って、別府市のあちらこちらの地獄の見せ場を回るわけ。

バスに乗りこみ出発。はじめは海地獄。町を外れ少し高い山に登る。海地獄は熱いお湯の池で深さが二百メートルもあるそうだ。ちょっといろんなものを人工的に造り過ぎていた。

次は、坊主地獄。ドロドロの土のとけたような池から、ボコッ、ボコッとあわが出ては破れつするかっこいいものだ。下手をして頭をつっこむと、ドロがひっかかってしまう。

三番目は山地獄。山の上から湯気が出ている。山は人が作ったみたいに見える。四番目は、血の池地獄。池が真っ赤なのだそうだ。そこに行くには山を一つこえなくてはならない。山を登り始めると、町の家のわきから、煙がもうもうとあがっている。ガイドさんの話によると、別府にはいくらでも温泉がわき出るのだそうだ。

血の池に着く。目を見張るような赤さだ。ある人が、インクでも流したんとちゃうか、と言ったら、案内の人は、難しい言い訳を言っていた。見終えてバスに乗りこむ。次は竜巻地獄。熱湯が一定時間おきにふき出しているそうだ。

竜巻地獄に着いた時は、ふき出している真っ最中で、ザザザドドーンとものすごい音とともに、水が霧になって飛んできた。熱湯がおさまり、みんなぞろぞろと帰っていったので僕たちは、一番前のクサリのところまで行った。三分ぐらい待つと、はじめ、チョロチョロと水が出、湯気が立ちのぼり、水が立ち始めた。そして大きくなったり、低くなったりして、ピューと、これ以上上がらないようにコンクリートで囲ってあるところにバチバチと当たった。水しぶきが素晴らしい。ここはあんまり作ってなく、自然のままみたいだ。

メダルを買ってバスに乗りこんだ。九州横断道路の終点とぶつかっている道を通って、駅に着く。ついでにルーチェに乗りかえて、別府を後にして、下関に向かう。また関門トンネルを通り、広島に向かう、車は順調に走っている。

広島に着いたのが午後九時。原爆ドームには夜しか会えないらしい。夜九時にはまだサーチライトでドームを照らしていたので、父は、カメラのシャッターをゆっくりにして、ドームをとった。四枚から五枚とった後、今度は、大阪に向かう。大阪へ行く・・と中の道のトンネルで、事故があり、長い間じゅずつなぎになっていた。

大阪へは、翌日の午前九時。神戸から名神を通り大阪に来た時、母たちが大阪の町を見て行こう、と言い出したので、仕方なしに行ったわけだが、ものすごい混ざつで、大阪の町から出るのに一時間以上かかった。

京都のインターで名神に入り、名古屋まで一直線。一時間半後、家に着く。旅でつかれて、つくと同時に全員ねてしまった。

第五部　発表

そんなことを学校で話すと、研究発表で僕が発表させられることになったので、大よわり。もう一人の夏の星座の発表を行う康信くんといっしょに相談して行なった。

さて発表の日、僕は、四番か五番目。ちゃんと台本はあるのだけれども、自分の感動があんまり入っていないので、僕は台本なしで行った。みんなすらすらと話している。何しろ組で二名、全五年生が見ているのでおそろしい。

僕の番。僕はめんどうだっ、とばかり、台本を横のテーブルの上に置いて、地図をさしながら話した。自分でもわかるんだけれど、どもってしまって、声がよけいつかえて、顔がほてっていた。

その翌日、三組の高野先生が僕に、

「おい服部。九州へ行った時、いつどこへ着いて、どのぐらいかかるかお父さんに書いてもらってその紙を持ってきて」

とたのんだ。

翌日、父に書いてもらった紙を、先生にわたすと、先生は大喜びであった。あとで聞いたのだが、高野先生は車を使って、新婚旅行で九州に行ったのだそうだ。

コラム

「蚊帳」

私たちが子どものころは、和室の部屋の四隅に蚊帳を吊るためのフックが備わっていて、これに引っかけて蚊帳を吊った。蚊帳の内部に入るときは、畳に垂れている縁の部分を持ち上げて入るのだが、蚊はすでに蚊帳の外側にくっついているので、上手に入らないと蚊を引き連れて蚊帳に入ることになる。これでは逆に蚊の餌食になってしまうので、蚊を蚊帳の中に入れないように、蚊帳の裾をバサバサと振って蚊を遠ざけ、素早くくぐり抜ける。それでも入ってきた蚊は、蚊帳の中で蚊取り線香をたいて退治する。夏の暑さをしのぐために窓は開けたまま寝るが、そのまま蚊取り線香をたいたのではキリがないから、蚊帳の中に閉じこもってその部分だけ蚊の退治をするわけだ。

昭和四十年代に入って蚊帳の需要が急激に減ったのは下水道が整備され、農薬で蚊そのものが減り、アルミサッシを使った密閉空間で冷房をかけ、暑い夏の夜をしのぐ生活が可能になったからと言う。同時にアルミフレームの網戸が普及し、窓を閉め切って冷房をかけるか、窓をあけて網戸を閉めて夜気を取り入れるかするようになると、蚊帳の出番がなくなった。

風鈴をチリン・チリンと鳴らして侵入してくる夏の夜の涼し気な空気と線香のにおい。時折耳元で唸る蚊の羽音とそれをはたく団扇の音。熱中症を気遣って冷房した室内に閉じこもらなければならない夜もあるこのごろの夏。子どものころの懐かしい風物が手の届かないところに去ってしまって寂しい。

コラム

「公害について」

高度成長期の一九五〇年代後半から一九七〇年代にかけての我が国の公害の歴史は、五九年の四日市石油コンビナートに起因する呼吸器疾患に対する訴えから始まった。六〇年後半には四大公害裁判といわれる四日市公害、熊本および新潟水俣病、富山イタイイタイ病の裁判が始められ、七一年新潟水俣病、七二年四日市およびイタイイタイ病、七三年熊本水俣病と、すべて健康被害を受けた原告側が勝訴する結果となった。

このうち水俣病は、五六年五月に五歳の少女の脳症状に対して水俣病の公式確認、六八年九月に厚生省による公害病断定、九七年七月に熊本県知事による水俣湾の安全宣言という経緯をたどる。

私達が出水を訪問したのは六八年八月。厚生省が水俣病の原因物質をチッソ水俣工場の廃液に含まれたメチル水銀化合物であると認定した月の前月である。熊本県水俣市は鹿児島県出水市に隣接しどちらも八代海に面している。海産物に集積した有機水銀による水銀中毒であるから、私たちが訪問した時は、魚屋さんのご家族の方たちは御主人の病気をずいぶんご心配されていた頃であったろう。当時私はそんな恐ろしい公害の被害で人々が苦しんでいるなど思いもよらず、川で泳いで、お刺身を食べていた。ただ十代後半になって水俣病を知った時、両親に聞いてみたが、ご主人の病気は水俣病ではなかったとのこと。何よりであった。

実は、実家から二メートルと離れていない名古屋新幹線も公害訴訟の相手側であった。一九七四年三月三十日、名古屋新幹線公害訴訟原告団は、国鉄（現ＪＲ）を相手として、騒音、振動の制限を設けた差止請求（原告団の住む名古屋南部の七キロメートルに於ける減速の請求）と、被害に対する過去の慰謝料を求める訴訟を提起した。これに対し、名古屋地裁（八〇年九月十一日）、名古屋高裁（八五年四月十一日）ともに、過去の慰謝料請求に関しては原告らの請求額に近い額を認容するも、差止請求を棄却した。棄却の理由は「当地区の住民に対して減速による騒音・振動対策を実施する場合、他の多くの区間でも同様に減速する必要があり、社会経済に重大な結果が及ぶ」であった。住民・国鉄ともに最高裁判所へ上告したが、八六年四月、両者の間で「和解協定」が成立し、その内容は八九年度までに国鉄は新幹線の沿線騒音を当面七五ホン以下とし、騒音・振動の軽減を図ること、住居の移転補償、防音・防振工事の実施、公害を現状以上に悪化させないことなどであった。

我が家近辺は訴訟原告団に参加していなかったが、和解目標の八九年度を前に騒音調査が行われた。訴訟団の区域（熱田区、南区）辺りが七二から七七ホンであるところ、大高町鷲津辺りは八〇ホンであった。原告団の地域に劣らない騒音であった。八九年の国会審議でも取り上げられ、国鉄はしかるべき対応を取った。我が家の窓がすべて二重窓に取り替えられた。しかし車両を改善して空気抵抗を下げ騒音が出なくなるとスピードを上げることで、騒音は約束の値に高止まりした。母は駅前の家から離れようとしなかった。子どもたちの家に泊まることがあれば、まず「静かなところだね」と言う。七キロ区間のスピードが落とされないために、騒音を我慢する人がいる。今度新幹線に乗った時には線路の周りを見てみてください。同じ標準軌の鉄道でも、欧州の平原を走る鉄道とはゆとりが違うことを感じるのではないでしょうか。こんな狭い国なのにいまだにこの国は世界一速い電車を歓迎するるのです。

コラム

「新婚旅行事情」

私が小学生の頃、当時の新婚旅行事情を知るためには女性週刊誌を読みふけらなければならなかった。美容院の待合に何種類もの女性週刊誌が置いてあった。お客さんと一緒に愛読していれば、次のことは常識のようにわかっていたであろう。一九六〇年（昭和三十五年）代のこの国の新婚旅行事情を決定づけていたのは皇室の二つの結婚であった。

一つは一九五九年（昭和三十四年）四月の皇太子・明仁親王（令和の上皇陛下）と正田美智子さん（令和の上皇后陛下）の御成婚であり、もう一つは一九六〇年（昭和三十五年）三月の清宮貴子さん（当時の貴子内親王、昭和天皇の第五皇女）と島津久永氏との結婚である。島津夫婦は結婚の二か月後、夫の島津氏の祖先の墓参りを兼ねた新婚旅行として九州の宮崎を訪問。上皇陛下ご夫妻は、その二年後の一九六二年（昭和三十七年）五月に、東京に当時の徳仁親王（令和の天皇陛下）を残して、宮崎を訪問する。どちらの旅行もマスコミを賑やかし、島津夫婦に至っては、神戸から別府までの船上で、テレビ出演までした。

この二組の結婚に国民はどのような感慨を持ったか。皇太子の結婚は、民間人から妃を迎えるという家柄に縛られない自由恋愛の末の結婚。島津夫婦の結婚は、皇族の女性と民間の男性との結婚。一方は「シンデレラ婚」であるが「自由恋愛」の末の結婚。一方は「見合い結婚」であるが「旧宮家の女性と平民かつ次男」との結婚、大胆に例えるなら「逆シンデレラ婚」である。島津貴子さんが婚約発表前に発した「私の選んだ人を見てください」は当時の流行語になり、言われた通り国民はその旦那様に注目していた。

二組の御成婚は国民に「恋愛結婚」「男女平等」「婚姻の自由」のもと自分たちで作る「幸福な家庭」を象徴的に印象付けた。丁度婚期を迎えた戦後ベビーブーマーたちは、自分たちの新しい家庭の証しとして、宮崎への新婚旅行を望んだ。

一方、地元宮崎はかねてより「皇祖発祥の地」（宮崎県高原町は神武天皇天孫降臨の地）を宣伝していたが、戦前戦中の皇国色を払拭しようと宮崎の「南国」演出を強めていた。海岸を「日南海岸」と命名し「サボテン公園」を開園し、道路わきにフェニックスを植樹し、蘇鉄群落やハマユウの道を作っていた。

こうして需要と供給が見事にマッチし、一九六〇年（昭和三十五年）に四二万人だった宮崎県への県外からの旅行客が一九六五年（昭和四十年）には一三〇万人、一九七二年（昭和四十七年）には四二〇万人になり、一九七四年には日本人の婚姻数約一〇〇万組のうち約三七万組が宮崎を訪れたという。

小学校の先生が私の旅行記を聞いて新婚旅行先として九州を候補に考えたのもこういった背景があったに違いない。あの先生は宮崎へいきたかったのだ。そもそも私の両親がタイヤを三本パンクさせるほどの強行軍で宮崎に行きたがったのも、こういう時代背景があったに違いない。皇族二組が訪れ、マスコミもハヤシたてる。若者たちもこぞって宮崎に新婚旅行に行きたがる。私の両親も一度自分の目で確かめたかったのだ、「幸せな家庭の象徴」であるフェニックスの並木道を。

ちなみに私の両親の新婚旅行先は下呂温泉だった。子どもたちの手が離れたあと、二度、三度と訪問していたようである。「幸福な家庭」の象徴は岐阜県にもあったのだ。

下呂温泉駅前

第八章　四十四年度（六年生）

第一部　先生

四月二日。僕は六年生こそ、里美先生の受け持ちになりたいなと思っていたから、ちがったのでちょっとがっくり。

里美先生は、大高にふにんしてくる前は、日間賀島の小学校の先生だった。僕は先生に日間賀島のことを聞きたかった。

先生は橋本先生だった。先生の思い出を書こう。

ある日のこと、僕たちいつものグループでサッカーをやっていたが、かねが鳴ってから一、二分経って、部屋にもどったので、前に立たされた。先生が、

「もう一度運動場で遊んでくるか」

と言ったので、僕はとなりに立っている善三くんに小さな声で、

「遊んできてもいいな」

とふざけて言うと、善三くんが、

「先生、服部くんが遊んできてもいいそうだよ」

と告げた。友達に裏切られた。

するとと先生が、おい遊んでくるか、と外に出されてしまったので、やけのやんぱち、外で遊んでやった。しばらくして先生が呼びに来たので部屋に帰ったが、このことを母に話すと、すごくしかられた。

組の子は言うまでもなく同じ。教室が新しい校舎だったのでうれしいが、給食は、雨にふられると、ずっと大回りをして来なければならないのが欠点だといえば欠点だ。組は六年三組。

＊

六年生になってから、ラボの英会話教室に通った。また母の美容院情報局が近所の情報をあつめて、そういうことになったらしい。だからそこの生徒は、スミレ美容院のお得意さんちの子が多かった。だからみな近所の子で学年がバラバラだった。

教室と言っても十人のクラスが一つだけ。来ているのも六年生の僕が一番年長で、あと聡とその同級生にもっと下級生の子たち。場所は鷲津の山を登ったずっとおくの、丸根に近いところに建っている一戸建ての家。

きれいにしていてお金持ちみたいな家。山の上から大高の町がよく見えた。

先生は若い女性で、お母さんと暮らしている。お父さんはいない。くわしいことは知らない。なぜお父さんがいないかは、なぜうちの祖母がおじいちゃんと暮らしていないかと同じで、だれに聞いても分からないだろう。

授業の方針は、授業中は日本語を使ってはいけないこと。例えば答える時は「イエス、ミス、ハマダ」と答えること（その先生は浜田さんという）。その上、説明も英語。だからちょっと大変だった。先生が犬やネコの動物の絵を出して、「ドッグ」とか「キャッツ」とかいうと、そのあとを僕たちが続ける。

このくり返しで英語を覚える。けっ作だったのは、こうして動物の名前をおぼえていたとき、「サル」の絵を見せて先生が「ワット、イズ、ディス」と聞いたら、低学年の生徒が、

「エ、エテコー」

と答えた時だ。みんな、大笑いだったが、先生も「あははは」と大きな声で笑ったの

が、面白かった。

未だにわからないのが物の名前の前につく「ア」と「アン」のちがい。ミス・ハマダは、いろいろな絵をみせて、「ア・ペンシル」とか「アン・アップル」とか例を出し、「みかん」の絵を出して「ア」か「アン」をつけて答えさせようとする。説明してくれないから、ナゾ解きのようにその差を理解しなければならないのだが、子どもたちは自由に、長ぼそいものが「ア」で、丸いのが「アン」とか想像して答えた。

僕もまだわからない。今のところの僕の意見は、始まりが「アイウエオ」だったら「アン」というルールだが、どうして英語のルールに日本語の「あいうえお」が関係するのかがわからない。来年中学に行ったらわかるのだろう。楽しみだ。

第二部　富士山

五月のゴールデンウィーク。僕のおじいちゃん達と、富士五湖まわり。まず東名をつっ走って浜名湖に止まり、一服してから、また東名を走った。百キロぐらいはザラに出している。道路の両すみに青々とした芝生が生え、目の上には青々と木がしげっている。山の間から富士山がちらちらっとはずかしそうに見えかくれし、日本坂トンネルを過ぎると目の前に富士山がバアーンとそびていたが、すそのはしまでは見えなかった。

そこで車を止め一服する。おばさんののりちゃんは、コカコーラやいちごの砂糖づけ、おにぎりなど数多く持ってきた。それもおいしいものばかり。イチゴは、あっという間になくなってしまったぐらいだ。

長い間走り、富士が左手のほうに来て、だんだんすその方まで見え、富士から少しはなれたころ、御殿場インターで車を降りる（そのころは、それ以上東名は続いていない）。

少し大きな町の中を走る。ルーチェを見て、みんながふり向く。だけれども、僕たちの後についてくる利夫兄さんの車には目もくれない。

坂道を登る。すごい混み様だ。一分間ぐらいごとに五メートルぐらい。はるか彼方まで続いていた。富士山は目の前にそびえ立つ。もう見あきたほどだ。

と中、太い道に「富士自衛隊演習場」とあったので、いっぺん（ちょうど利夫兄さんの車がオーバーヒートしたので）休けいすることにした。のりちゃんは、また、食べ物を開いた。僕と聡は、コカコーラファミリーサイズを一本持ち出して、交代、交代、きたないけれど飲んだ。腹がそろそろ痛くなってこようと言う時にちょうど平らげたけれど、車に乗ってからびっくり。ゲーッ、ゲーッと鼻にツーンときて、なみだがポロポロ。苦しかった。

道をまっすぐ行くと「富士自衛隊演習場」と書いた門の前に、ヘルメット姿の兵隊が二人立っていた。そこの前を通り過ぎ、そのままいくと、さっきの道の続きらしいじゅずつなぎの道に出た。このう回路のおかげで、だいぶ早く遠くに来た。と中に二台割りこんでまたぞろぞろつなぎの道をのろのろと進む。山々の間をぬって通る道は、もっといきおいよく走れたら気持ちが良いのに。とうげに入った。ヘアピンカーブで止まってしまうと、非常に苦しくて、ハンドブレーキをかけなければ後ろに追とつしてしまう。

度胸の良いおじさんたちは、運転手を残して上の道まで、よいしょ、よいしょ、と登っていった。僕たちも行こうとしたが、下の道は交通量が激しかったので、父に止められた。

やっと下り道になる。大体四十キロぐらいで走る。目の前には山中湖が光っている。山中湖に着いた。広くて深そうな湖だ。のりちゃんたちは、また弁当を開いている。しばらくしてのりちゃんが、

「ボート乗ってこようか」

とさそったので、僕は大賛成でついて行った。一時間百五十円。モーターボートもある。

僕とのりちゃんのアベックで、乗っていると、岸の方で弟たちが僕ものせてとさけんでいたので、乗せてやった。オールをこぐ人は大人ののりちゃん。モーターボートが通るたびに大波が来て、ボートが大きくゆれる。所々に、ウキがういていて（深さの目印）それをさわろうとすると、のりちゃんが、危ない、とボートをどっかへこいで行ってしまう。

ボートからおり車に乗って、出発。今度は河口湖に向かう。河口湖一帯は少しきたない感じのするところだ。

河口湖には、モーターボートがたくさんあって、僕たちがいる目の前でも中年の男の人が女の三人をモーターボートに乗らんかとさそっていた。用心した方が良い。

河口湖を出る。また、ぞろぞろのじゅずつなぎ。あっという間に過ぎさるだろうというところを、五分から十分。また利夫兄さんの車がオーバーヒート。富士のような岩原に車を止めていると、一人の見知らぬおじさんが、おじいちゃんに話しかけてきて、そのおじさんが、よう岩の上にコケの生えたものを二、三個持ってきて、もっといいもの取ってこようかと松の森に入っていたので、僕も父たちにとってきてやろうと後をつけていった。

おじさんは、松の根っこのほうのコロコロとしたよう岩の良いところをとっていった。僕はそのとなりのトンネルの形のよう岩を取ったが、うわべだけはよく感じても、下のほうの土に付いていたところには、ゲジゲジが三びきくっついていた。

これを父にわたすと父も大喜び。きっと父も欲しかったけれど、よう口には出せなかったのだろう。

再度出発したときは、道は空いていた。父が「氷穴」に連れて行ってくれる。松に囲まれた道を過ぎると、「風穴」と書いた看板が立っていた。父が後ろの兄さんと相談して、予定を変更して、面白そうだと行ってみることにした。

ジャリ道で前に山があるので、またとうげ道を行くのだと思っていたら、ひょいとカーブを曲がると駐車場があって、キップを売るところがぽつんとあった。

キップを買って、いよいよ、よう岩でできた穴をくぐる。フ、とのぞくと、丸く穴があって、そこへ階段がおりていて、穴をくるりと一周回って、中にある雪を見るだけかと思ったら、ちょうどトタン板の屋根でかくれているところから、縦に地下にもぐっていた。中はひんやりとしていて、手すりが付けてあった。

その手すりは、竹でできていて、年中冷やされているので冷たく、持てなかった。上、横、周り全部がよう岩で、所々の割れ目から、水てきがポトンポトンと落ちてきていた。中は電線がしいてあり、電気がついている。階段を降り続ける。着いたところは広いどうくつ。まだこの先ずっと続いていた。上から水が盛んに落ちている。だんだん冷えてきた。穴もだんだん細く、低くなって、真暗やみの高さ五十センチぐらいと言うところもあった。つららも生えている。弟は先頭に立って、「一家全めつするといかんで、早く、早く」と、今にも本当にくずれそうな声でさけんでいた。おじいちゃんたちは、後ろの方からゆっくりゆっくりながめながら歩いている。

最後らしい広いどうくつは百五十センチぐらいのところに、穴が開いていて、そこだけ四角くくりぬいてあった。のぞいてみると、中には五十センチも直径があると思われるつららが立っていた。先たんはもう地面についていて、今でもさかんに水が伝わっていた。

どうくつから出て、車で、氷穴に向かう。もう五時。店じまいはここで五時だそうなので、きっと同じだろうと思い、急いで車に飛び乗る。五分で向こうに着いた。盛んに氷穴、氷穴とあるので、そんなに良いところかと期待した。

車から降りて、高山植物の生えている道をてくてくと歩く。木一本一本に名札が書かれてあった。

「氷穴」と書いた札があった。僕たちにはさっそく穴にもぐった。風穴の竪穴に比べて、ここは横穴。雪があったのはうれしいが、風穴みたいに素晴らしいところには、ぽつんと立て札だけなのに、ここは、店が立ち並び駐車場まである。それならば、ここの氷穴は、風穴よりもずっとずっと良いだろうと期待していたのに、そこはなんと、横穴を三十メートルぐらい行ってもどってきた。完全にあっけない。と中と中には四角に人工的に切った氷を、周りに並べてあっただけだった。帰路に急ぐ。父に車の種類をいろいろ教えてもらった。と中、兄さんの車がガス欠になって、ゆっくりゆっくりと、坂道を下った。そんな時だった。木の間からチラッと見えたこの道路には、トラックや自家用車が並んでいた。なんだ、またじゅずつなぎか、つまらないと思ったが、近くに寄ってみると事故だ。

ポンコツになった車が高さ七メートルぐらいの木の生えたところにひっくり返って、落っこちていた。中にはまだ、アベックが乗っている。度胸の良いトラックの運ちゃんは、下に降りていって、ドアを開けて、手を引っ張って、上まで連れてきた。僕たちの後についてきた運ちゃんは、クラクションを鳴らして、早く行け行けとさわいでいる。

僕たちも通行のじゃまになるので、急いで車に乗って出発。所々車を止めてエンジンを休めては走る。夕日を浴びて葛飾北斎《かつしかほくさい》の版画のように富士山が赤く見えた。・・と中で止まって、おじいちゃんは、

「わ、いいながめだなあ、小山の時より比べもんにならんなぁ」と言っている。

ノロノロ、じゅずつなぎの中に紛れこんでしまったので、兄さん達は坂道をクラッチだけ踏んでそろそろ下る。

日がしずんだ。もう暗くなったので、残念だが、白糸の滝に着いた。

モーテルの駐車場を降りて車を降りると、兄さん達は、

「何！　ご飯食べるの」

と言っていたので、白糸の滝の事は、知らなかったらしい。さっそく川の下流に降りていく。山を階段で降りるにつれて、滝の音が大きくなる。養老の滝みたいだ。階段を下りつくすと、川がある。その正面に大きな滝。水しぶきがピッピッとかかる。養老みたいにツボにはとてもいけない。川は天白川ぐらいで、水はもっともっときれい。泳げるぐらい。しかし流れは急だった。その滝を大将に、向かって右側に集中的に小さい小川みたいな滝が数十本落ちている。じいちゃんは、

「あれきっと、ペンキがぬってあるんだわ」とふざけていた。

向こう岸にわたり、山の上に登った。そこにはレストランやお土産を売っている店が点々とし、その下を、数十本の「ペンキの滝」の水が流れている。

車に乗って近くのガソリンスタンドで満タンにしてもらった。これから東名をつっ走る。だけども東名に出るまでに一苦労。

う回路やら、回り道やら三十分ぐらいでやっと富士のインターに入った。東名に入ればしめたもの。二、三時間で名古屋に着くだろう。しかし東名に入ればもうウトウト。と気づいた時は、浜名湖サービスエリア。みんな目をさますために、コーヒーを飲みに行ったが、僕は車の中でねむた顔。とてもみんなの前に行けるような顔じゃない。

次に気がついた時は、家の前。父がおぶって家の中まで連れて行ってくれたが、その時は、歩くのがめんどうだからで、たぬきね入りしていたのであった。

第三部　いたずら電話

七月のある日、夜中ごろ、下の電話が激しくなった。父はムクッと起きて受話器を

取った。受話器からはあやしげな声。父は、

「もしもしどなた様ですか」

「どの筋からかかっているのか、想像できるだろう」続けざまに、

「お前、子どもは、かわいいだろう。交通事故のこともあるし、ここ一週間の間は子どもに気をつけてやれよ」

「はあ」

そこで、あやしい電話は切れてしまった。

父は青ざめて二階に上がりそのことを母に話して、ねてしまった。

翌日、朝、父にそのことを知らされ、口止めをされた。その日は、順調に進み、下校になると、学校へ僕の父が、むかえに来た。はじめ僕は、この人も、スパイ大作戦のローラみたいに変装しているのではないかと心配だったが、あの声を聞いて安心した。先生は、ニコニコして僕を送ってくれたが、教室のみんなはどうして知ったか知らないが、

「服部！　しんみょうにおなわを頂だいしろ」とか、

「服部！　またチカンかぁ」など、めちゃくちゃなヤジが飛んだ。

家に帰って父に聞くと、朝、丸根の駐在所に届けたところ、鳴海の方では、ちょく

ちょくあるそうだが、大高では初めてだそうだ。

それで、すぐにむかえに行ってやりなさいと言ったので、むかえに来たわけだ。その間に学校の先生に知らせたのだろう。聡は、

「ウヒー、大高初なんてカックイイ」

と大はしゃぎ。しかし喜んでいる場合じゃない。しかしまあ安心しなされ。こうやって作文を書いていると言う事は、まだ健在である。

次の日、学校に行ってびっくり。とたんに女子が僕の周りを取り囲んで。いつの間にこんなにもてるようになったのかな、と思っていたら一人が、

「なぁ、昨日どうしたのー」

とたずねた。僕は知らんぷり。知られると困る。

今度は男子。同じようになったが、また知らんぷり。

その次からと言うもの、塾へ行けばむかえに来ている。英語にも送りむかえ。おかげでさびしくない。
二、三日ぐらい後、おばあちゃんが易にみてもらってきた。せんすに、
「家内安全万才」と書いたものをもらってきた。その人の話によると、ここ三か月間の間に、二百万以上のお金の要求が三回にわたって行われると言うので、余計ノイ

ローゼ。送りむかえは、習慣になった。

それからと言うもの、今まで、一度もあやしげな電話や人など一切来ていない。

第四部　草津

もう夏休み。旅の事ばかりになるが、八月のある日、群馬県の湯の町草津に行った。一口に草津と言うけれど、九州なみに遠い。草津に行くならば、東京に着いてしまう。十九号線をまっすぐ行くと中で、鬼押し出しで止まって、河原の岩々の大きさを見て、びっくりしようと行ってみたが、大きな岩がゴロゴロしているだけのことであった。

山の生活で山に入って行く道をたどり、二十一号線に入る。これからは険しい山道だ。車二台がすれちがうのが苦しくて、すれちがうときは、一時止まらなければならないぐらいだ。後に大きなトラックがついていて、ものすごい爆音をひびかせていた。

とうげをこえてすぐのレストランで、焼き鳥を食べる。美味しくて忘れられなかった。聡は二、三皿もペロリ。

レストランを出て、軽井沢に向かう。軽井沢と山梨をブレンドすると、オーシャンブライトになる。

さて軽井沢町に入る。自転車が多いのが目につく。軽井沢の駅から町の中心に入る。地図に基づいて国道並みの良い道を登り、この調子で行くと、思ったより早く着くぞと思って、山を登りつめてびっくり。そこにはバスの停留所があってその先は、林。道の面かげもない。仕方なく引き返して、おまわりさんにたずねると、ここらのことをくわしく書いた地図をくれた。

地図には有料道路草津方面があるので、有料なら良いと思い、すぐさま出発。木に囲まれた道路のわきには、貸し自転車屋さんがあった。だから自転車が多く出て走っているのだろう。

そのまま行っても道はジャリ道。いい加減に有料道路が出てきても良さそうなのに……。

すると料金所がある。一台は二十から三十円。ここはきっとバス専用道路なのだけれども、それだけでは、もったいないので一般の車から料金をとっているらしい。

交差点に出て草津に向かう。もう三時ごろ。ここを過ぎれば近いものだ。

交差点から草津有料道路で山々を登りつめる。聡と光はもうグーグー。

ある浅間山に近い所の山の一つに、丸い山のてっぺんに、木が一本ぽつんと立っていたので、父がおっぱい山と名付けた。

おだやかな上り坂。行き来する車が大変多い。山の緑も多い。車の緑色も多い。上り着いたところには、まずガソリンスタンドがあり、裏に回ると、大きなビルが一つぽつんと立っていた。商店が並び旅館が並び、浴衣を着て、ゲタをはいた人々が、盛んに行き来している。会社などという仕事をするところは一つもないぐらい。商店の並ぶ細い道を、ゆっくりと下る。三十度もあろうかと思われる急な坂だ。おまけに人通りも車の通りも多い。

下りきったところに着く。真ん中の湯畑から出るイオウのにおいと煙が目にしみる。五十メートル、二十メートルの長方形で囲ってある。湯畑の中は、わき出る湯をくんだりするホースで混ざつしていた。湯畑の周りには、ホテルが集中し、パチンコ屋、風呂屋もたくさんある。まさかこんなところで野宿するわけにはいかないので、またさっきの道を登り、旅館案内所に寄った。母がたずねにいったところ、ちょうど運よく、一つだけ「一井」と言うホテルの部屋が空いているそうなので、さっそく行った。「一井」では大いに歓迎してくれて、部屋は三階。

浴衣に着がえて、湯の町見学としゃれこむ。ぶかぶかのゲタをはいて湯畑を見る。湯気が盛んに立ちこめて目にしみる。写真をとった。これから、人々の流れに沿って、歩く。ろ天風呂があるそうだ。焼鳥屋、パチンコ屋。これはまだ。夜になってから入ればよい。悪いと知っていてもつい手が出ちゃう。

歩いていくうちに川が流れてきた。魚はいそうにない。申し訳ないぐらいの量の水だった。

ろ天風呂があった。そこの横には湯の川が流れ、そのまたとなりには、ふつうの水の川が流れている。それが二つ重なって右が水、左が湯の一本の川になり、混じらず長く区分さえできるところもあった。それ以上行っても同じことなので記念に石を拾って帰った。帰路のと中パチンコ屋による。玉を売っている前に、でかでかと「十八才未満お断り」と書いてあったにもかかわらず、玉を売っている人は、大喜びでニコニコしながら球をくれた。百円で百円ともパー。一、二発しか入らなかった。

次はすぐとなりの焼き鳥。おそろしいおじさんがトリを焼いている。立ち食いはダメだとか、新たに来た子どもたち二人に、あんまり食べると、また明日行きたくなるぞなど、口うるさい。そのくせ、焼き鳥のほうは、半焼きのところが、所々ある始末。

店から出て無料のイオウ風呂に入る。無料の割には人が少ない。イオウ風呂の中にタオルを入れると、黄色くおしっこをちびったようになる。それに出るときには、水で体をよくふかないと、イオウのにおいで、女の子にひじ鉄を食うおそれあり。

一つ発見。イオウの湯では石けんのあわが立たない。ヌルッとはするが……。

風呂を出る。体中がすべすべする。夜になって一段と煙が目立つ。浅間山のマグマとつながっているのかもしれない。

部屋にもどる。しばらくして夕ご飯が運びこまれた。大きい皿に小さいおかず。こういうのは、どこでも同じらしい。出たものみんな、僕の好物ばかり。初めて食べるものもあった。

今度はホテルの風呂。これがけっ作。入り口は男女別々（決まっているが）なのに中には、おばあさんがいるではないか。これは失礼。すぐさま出るとやっぱり男湯。もどってみると、男の人も大勢入っていた。それにしても、男女同じ風呂だなんて。チカンの出るおそれあり。

大きな湯ぶねは良いけれど、またもイオウ。しょっぱくてぬるぬる。部屋にもどり、部屋の小さい風呂に湯を入れて、イオウを流し落として、とこに就いた。

朝起きたのは七時ごろ。電話で、食堂で食事ですと言ったので、さっそくかけつける。

一階の食堂には、カウンターのところに十数種類もの大きなさらに盛られたおかずが勢ぞろい。バイキング式の朝食。僕たちはある物ある物全部、皿に盛って食べる。

ご飯なんか一口もたべず、おかずばかり。肉団子、野菜、らっきょう、果物、その他いろいろ。僕の好物ばかりだが、らっきょうは、砂糖が少ないので、くどくてまずかった。

「一井」発。このまま名古屋に行くのもなんだから、ついでに東京に行くことにした。僕は小さい時、一度東京に行ったことがあるだけだった。

碓氷峠に入る。車がかなり多い。カーブがあるたびに、番号がつけてある。僕たちはそんなことを知らないので、一から数えていた。東京からの番号だ。九十九で中心点。二百もカーブあると思うとびっくり。こんなにハンドルを回さなければならない。S字カーブもザラにある。ヘアピンもザラ。

とうげを降りる。もうふつうの道ではないかと思うところまで、番号が打ってある。東京にはまだまだというのに、もう通勤ラッシュにぶつかってしまった。のろのろのろのろ動きは、かえってつかれる。

首都近くになると車も減った（時間が経ったから）。父に、すりかわる車の形や種類を教えてもらう。今では軽トラックを除いて、たいていは知っているはず。

都内に入れば、すごい混み様。霞が関ビル、国会議事堂、日本橋、東京駅などを見る。会社の本社など、ずらりと並んで日が直接当たらないビルの谷間も見た。

最後に、東京タワーに登る。お昼のタワーバラエティーを演じるところや、コンピューターセンターも見た。

エレベーターに乗って、第一展望台に上がる。これ以上はまた料金をはらわなければならないのでやめる。タワーを一まわりした。人はあまりいない。ここから見下ろす東京は、ものすごくちっぽけ。ハイウェイがどのように走っているのかよくわかる。東名は都心にできないので、少しはずれにある。

日がしずんだ。世界でも有名な東京タワーに、僕たちだけしかいないぐらいになった。閉店するのでタワーを降りた。下から見るタワーは下の方が大きく広く見えて、上のほうは、小さく短く感じら

草津湯畑にて

れた。

それに車の窓からながめたタワーには電球がともされていて、タワーの形がくっきりとうかんでいた。またえんがあったら会いたいものだが、中学の修学旅行には東京に行くそうだ。

東名に入る。夜七時ごろだ。お昼なら、富士山が見えているのに。夜なので残念だ。花火があがっているところや、とうげ道の電気は夜しか見えないものだ。と中のサービスエリアで止まって、目が覚めるようコーヒーを飲んだ。それにもかかわらず、僕と聡と光は、イスにもたれてグースカ。気がついた時は、名四国道。家につけば、何も言わずにその場でねてしまった。

第五部　静治さんの結婚式

十月十九日、利夫兄さんとのりちゃんの結婚式から一年目。今度は利夫兄さんの兄さんの静治さんが、美恵子さんと結婚することになった。東山会館で行われた。三階の受付で式を待つ。後から後からカップルが入っては出て、入っては出てと、次から次へと出入りしている。結婚式はこんなにインスタントに行われても良いのだろうか。

中に入ると鼻の穴の大きな、眼鏡をかけた中年の神主さんが式を進めていった。僕の父と母は、仲人。責任重大。新郎、新婦の後をついていろいろなことをやっていた。えん会場で食事をとる父母は、新郎、新婦の横に座っている。父がはじめの言葉を語った。家で練習していた時より大分変わっていて、少しどもり気味であった。

僕は聡や光などと別に、大人用の食事がとってあるので、ぶどう酒がやってきた。

カンパーイ

の合図で、ゴクリと飲むと、のどが焼けるみたいにヒリヒリ。

いよいよ新郎、新婦がウェディングケーキを切る。一メートルもあるぐらいのケーキを少しナイフで切りこみをつけるだけなので、またその上にクリームをつけて、他のえん会場で使うのだと父は言っていた。さて帰ろうというとき、切ったケーキを持ってきた。上のほうに連れて小さくなるはずなのに、全員の人のケーキが同じであった。やはり、切るケーキと、食べるケーキとは別々。ハネムーンは裏磐梯《うらばんだい》だそうだ。

第六部　最後に

去年の七月にアポロ十一号が月面に着陸した。僕は『人類、月に立つ』という毎日新聞社の厚い本を買ってきて読んだ。自分でも初めてぐらい、すみずみまで読んだ。発射は日本時間で、一九六九年七月十六日午後九時四十五分。着陸は一九六九年七月二十一日午前十一時五十六分。どちらも店のテレビで家族して見た。

今年の三月からは大阪で万国博覧会が開催される。僕はその案内本も買って、しっかり読んだ。今、訪問するパビリオンの計画をしている。

*

そして今僕は、生い立ちの記を書いている。それで、その内容は以上のとおりです。

書き始め、　昭和四十五年一月七日
書き終わり、　昭和四十五年二月二十日

コラム　「いたずら電話」

十五年ぐらい前のことだろう。私は自宅で金銭を要求するいわれのない電話を受けたことがある。この作文に書いてあるセリフのとおり「子どもがかわいいだろう、この一週間は子どもに気を付けてやれよ」で電話は切れた。今の住所に引っ越した頃、電話番号がまだ個人情報と認識されていない頃の話だ。私には子どもがおらず、私のことを実際には知らない人間の仕業であることがわかったので、子どもに言及されて、かえって心を静めることはできた。しかし、二、三日してうちのマンションの一階の部屋の窓ガラスに石が投げ込まれた。私への電話に何か関係があるのか。当時は個人宅の電話番号から住所を知ることができたから不気味であった。

この作文をしばらくぶりに読み返してみて、いたずら電話を受けた時の大人たちの動揺がいかばかりのものかと想像してみた。一九六〇年代の子どもを狙った誘拐事件としては、雅樹ちゃん誘拐殺人事件（一九六〇年五月）、吉展ちゃん誘拐殺人事件（一九六三年三月）、首里幼女誘拐殺人事件（一九六四年七月）、仙台幼児誘拐殺人事件（一九六四年一二月）、江東区小五女児誘拐殺人事件（一九六九年五月）、正寿ちゃん誘拐殺人事件（一九六九年九月）がある。

「江東区」の事件は、お使い帰りの小学五年生の女子が、道案内を頼まれて車の助手席にのり（一緒にいた七歳男子の証言）、そのまま連れ去られた事件だ。名古屋の実家への「いたずら電話」が一九六九年七月の事件であるから、たった二か月前の事件であり、年齢も似ている。周りに同級生がいても目の前で連れ去られ、子どもの親切心につけこんでいるから、子どもの指導が難しい。

私は子どもながらに「吉展ちゃん事件」のことは知っていた。しかし誘拐が自分の身近になるとは思っていなかった。テレビの向こうの事件だと思っていた。だから作文のなかで、事件を聞いた小学生が妙にはしゃいでいるのであろう。「道がわからないなら大人は大人に聞いてください」という今では当たり前の断り文句が、人々に、大人にも子どもにも、当前の礼儀として合意されるまで相当な時間が必要だったのだ。

先日、街を歩いていると、前を歩いていた小学生が突然振り返り、私の顔を見て、走り出した。二人の歩調が合ってしまったことを、不審に思ったのであろう。ランドセルが踊っていた。ちょっと効きすぎの緊迫感と思わないでもないが、緊迫感を持たせているのは大人が作らざるを得なかった社会だ。残念なことに「江東区」の事件は、解決を見ないまま一九八四年五月に時効になった。

第九章　寄せ書き

六年生担任より

真君へ（担任より）
人間は強きだけで
存在しているのではない
弱きもまた、人の存在する　価値である。
強いことに　よりかかっているものは
すでに弱い。
おのれの弱さを　弱さとして
受け止めているものは　すでに強い。

昭和四十五年盛夏（橋本）

父より

父と母

父は昭和三年四月三十日やはり知多郡大高町（現在の緑区大高町）で生まれそのまま大高町で育ちました。大高小学校三年生の時に日支事変が始まり太平洋戦争の終戦と同時に中学校を卒業しました。つまり学校時代のほとんどは戦争中であった。戦後の混乱期人に勧められるまま同級生とともに半田税務署に約八年ほど勤務しており、この間同じ税務署員であった母と同署退職後の昭和三十二年四月十七日熱田神宮に於いて結婚式をあげました。

母は知多郡武豊町に住み半田高女卒業と同時に半田税務署に勤務。結婚が決まると同署を退職。服部家の家業を継ぐべく、美容師の免許を取得し名古屋の松坂屋美容室に結婚まで勤めていました。

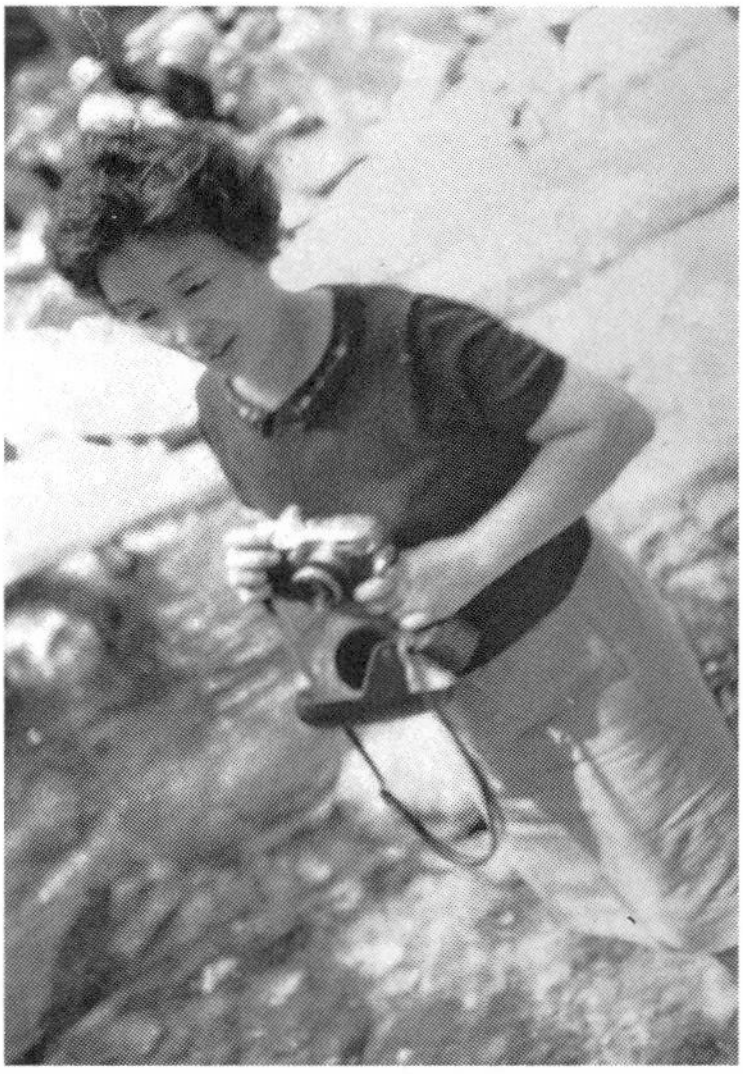

カメラを持つ母

参考文献

（1）名古屋新幹線公害訴訟弁護団『静かさを返せ！　物語・新幹線公害訴訟』風媒社、1996年4月
（2）三上隆三『江戸の貨幣物語』東洋経済新報社、1996年3月
（3）小泉和子『昭和の結婚』河出書房新社、2014年11月
（4）小和田哲男『豊臣秀次「殺生関白」の悲劇』PHP研究所、2002年3月
（5）前間孝則『亜細亜新幹線　幻の東京発北京行き超特急』、講談社、1998年5月
（6）白幡洋三郎『旅行ノススメ　昭和が生んだ庶民の「新文化」』中央公論社、1996年6月

〈著者紹介〉
服部 真（はっとり まこと）
1958年、現在の名古屋市生まれ。
名古屋大学理学部数学科卒業後、主に外資系生命保険会社に勤務。
現在は、年金暮らし、放送大学学生。趣味は、読書、映画鑑賞、旅行、模型作り。
日本アクチュアリー会正会員、日本証券アナリスト協会検定会員

昭和《しょうわ》の子《こ》
――12歳《さい》の自分史《じぶんし》

2023年4月19日　第1刷発行

著　者　　服部 真
発行人　　久保田貴幸

発行元　　株式会社 幻冬舎メディアコンサルティング
〒151-0051　東京都渋谷区千駄ヶ谷4-9-7
電話　03-5411-6440（編集）

発売元　　株式会社 幻冬舎
〒151-0051　東京都渋谷区千駄ヶ谷4-9-7
電話　03-5411-6222（営業）

印刷・製本　中央精版印刷株式会社
装　丁　　弓田和則

検印廃止
©MAKOTO HATTORI, GENTOSHA MEDIA CONSULTING 2023
Printed in Japan
ISBN 978-4-344-94393-3 C0095
幻冬舎メディアコンサルティングＨＰ
https://www.gentosha-mc.com/

※落丁本、乱丁本は購入書店を明記のうえ、小社宛にお送りください。
送料小社負担にてお取替えいたします。
※本書の一部あるいは全部を、著作者の承諾を得ずに無断で複写・複製することは禁じられています。
定価はカバーに表示してあります。